# Familles en folie
## 1. Une mère de trop

D1514401

La première édition originale anglaise de cet ouvrage
a paru en 2001 sous le titre
*Stepchain 1 : One Mum too many*, de Ann Bryant,
publiée par Egmont Books Limited, 239 Kensington
High Street, Londres W8 6SA
Text copyright © Ann Bryant 2001
Tous droits réservés
Pour l'édition française :
© 2002 Éditions Milan pour le texte et l'illustration
ISBN : 2-7459-0463-9

# Familles en folie

Partout dans le monde, des enfants passent week-ends et vacances avec une belle-mère ou un beau-père, des frères et des sœurs par alliance. C'est comme si un vent de folie avait soufflé sur toutes ces familles pour les recomposer autrement. *Une mère de trop* est la première pièce du puzzle.

Je m'appelle Sarah, et mes parents sont séparés. Plus pour longtemps, si j'arrive à mes fins. Pourquoi faudrait-il que je les supporte, *elle* et ses filles « parfaites », chaque fois que je veux voir mon père ? Elles ne font pas partie de ma famille, et je n'ai pas besoin d'*elle*.

# 1

# La briseuse de foyer

C'est la récré et il pleut, alors je reste lire à ma place pendant que les autres essayent de passer le mur du son. Je ne suis pas du genre première de la classe, non. C'est juste que j'en ai marre de tout. Oh ! Oh ! Vingt-deux, v'là le prof !

– Pourquoi ne suivez-vous pas l'exemple de Sarah Dale et ne prenez-vous pas tranquillement un livre ?

Évidemment, le niveau sonore est remonté comme une fusée dès que le prof est sorti, mais certaines de mes copines ont dû s'apercevoir à ce moment-là que je ne participais pas à leur partie de ramassage de trousse par terre avec les dents. Elles ont entouré mon pupitre pour savoir ce qui n'allait pas.

– Sarah, tu ne bouquines jamais pendant les récrés d'habitude, a commenté Kelly. Qu'est-ce qui se passe ?

– C'est *elle*.

Je n'arrivais pas à en dire plus tellement j'étais hors de moi.

– Qui ? a demandé Katie.

– Tu sais... sa... a commencé Marie.

– Ne prononce pas le mot *belle-mère* ou je te tue, ai-je prévenu.

– Je n'allais pas dire ça... j'allais dire la...

– Si tu dis *la petite amie de mon père*, je te...

– Je crois que je ferais mieux de ne rien dire du tout. Je suis en danger ici, a constaté Marie.

Elle souriait. Mais elle pouvait se permettre de sourire, elle. Son père et sa mère vivaient toujours sous le même toit.

– Comment elle s'appelle, la... euh... l'amie de ton père ? a demandé Kelly.

– Je ne le dirai pas. Je me suis promis de ne jamais prononcer son nom. C'est une briseuse de foyer.

– Alors t'as qu'à l'écrire, a proposé Katie en me passant un bout de papier et un stylo.

J'ai écrit *Amanda* et elles ont toutes lu, mais, heureusement, personne ne l'a prononcé à voix haute.

– C'est le nom de la perruche des voisins, nous a dit Laurène le plus sérieusement du monde.

On a toutes éclaté de rire. Même moi.

Laurène est ma meilleure amie, et elle connaissait déjà le nom en question, mais elle ne l'a dit à personne parce que c'est une fille adorable. Elle a sûrement inventé cette histoire de perruche parce qu'elle a vu que j'étais complètement remontée. Elle avait raison. J'ai été soulagée d'entendre la sonnerie.

Hier soir, au téléphone, Papa m'a annoncé une super nouvelle (tu parles !) : à partir de maintenant, nous passerons un week-end sur deux avec lui. Jusque-là, tout allait bien. C'est la suite qui a failli me faire courir aux chiottes pour vomir. Si on veut voir notre père, il va falloir qu'on aille chez *elle*. Et l'idée de devoir passer un week-end sur deux là-bas m'est insupportable. Je ne vois vraiment pas pourquoi Papa ne peut pas revenir ici deux jours par quinzaine. Ce n'est quand même pas trop demander, si ?

J'ai voulu savoir si *ses* enfants seraient là-bas, et il m'a répondu que tout était arrangé pour ça, parce qu'*elle* pensait que ce serait plus amusant pour nous trois d'avoir des copines de notre âge. Apparemment, *ses* filles vont voir leur père un week-end sur deux depuis bientôt un an, maintenant. Papa m'a dit aussi – pendant son coup de fil enchanteur – qu'en plus, cette situation leur plaisait beaucoup. Elles disent partout qu'elles ont tout en double : deux maisons, deux anniversaires, deux Noël... À entendre mon père, tout le monde devrait vivre comme ça. Il en rajoutait tellement que ça en devenait intolérable : c'était si évident qu'il faisait tout pour essayer de rendre à peu près présentable une situation épouvantable. Je l'ai coupé :

– Dis-moi juste une chose, Papa.

– Vas-y, a-t-il dit.

– Qu'est-ce qui te fait supposer que sur les millions d'enfants qui existent dans le monde, j'ai envie de passer mes week-ends justement avec *ses* deux filles ?

J'entendais presque son cerveau ramer pour trouver une réponse. Il a fini par répondre :

– Et toi, qu'est-ce qui te fait penser que sur les millions d'enfants qui existent, tu ne vas justement *pas* aimer les deux filles d'Amanda ?

– J'aurais pensé que c'était évident.

Il y a eu un silence, et puis Papa a toussé avant de reprendre d'une voix apaisante :

– Tout va s'arranger, Sarah, tu vas voir.

– Quoi ? Pour toi, tu veux dire ?

– Mais non, pour toi bien sûr. Tu sais, a-t-il repris d'une voix radoucie, je ne me préoccupe que de ton bonheur.

Alors là, grosse erreur. J'aurais pu lui répéter pendant des heures qu'il aurait dû y penser avant de nous quitter. Mais je lui avais déjà dit tout ça, alors je suis restée muette. Papa s'est alors embrouillé dans toutes sortes d'anecdotes qui ne m'intéressaient pas le moins du monde puisqu'il y était à chaque fois question de la briseuse de foyer.

Il a fini par me demander de parler à Clémentine ou à Marc. J'ai tendu le combiné à Marc en lui disant, sans couvrir le micro, qu'il était bon pour un week-end génial avec quatre filles. Et puis je suis allée demander à Maman pourquoi ce nouvel arrangement s'était fait derrière mon dos.

– Je t'en prie, Sarah, ne me complique pas l'existence, a fait ma mère. Ce n'est pas facile pour moi non plus. Il faut que je me fasse à l'idée que vous ayez, enfin... une belle-mère, quoi !

– Ils ne se sont pas mariés sans nous le dire, au moins ?

Je savais que j'avais l'air un peu hystérique et que c'était plutôt puéril, mais je n'y pouvais rien.

– Non, non, pas du tout. C'est juste que je ne sais pas trop comment l'appeler, a dit Maman en se concentrant sur la table de la cuisine comme si la réponse s'y trouvait gravée.

– Moi je sais, ai-je commenté. La briseuse de foyer.

Maman a passé son bras autour de mes épaules et n'a rien dit pendant un moment. Ni moi, parce qu'il fallait que je me remette du choc horrible de les avoir crus un instant mariés. Tans qu'ils vivaient ensemble sans se marier, il restait encore une chance pour qu'ils s'aperçoivent qu'ils avaient fait une terrible erreur et qu'ils retournent chacun auprès de leur conjoint respectif. Enfin, Papa en tout cas. *Elle*, je m'en fichais. Elle pouvait bien pourrir en enfer.

Maman avait toujours les yeux rivés sur la table de la cuisine. Elle avait l'air triste. Il m'est soudain venu à l'esprit qu'elle avait peut-être peur qu'on se mette à aimer *l'autre* plus qu'elle.

– Tu sais, ce ne sera jamais ni ma mère, ni ma belle-mère ni ma mère par alliance ni rien. Je n'ai besoin que d'une seule mère. Et c'est toi.

Maman m'a souri. Elle essayait de faire bonne figure.

– Tu l'aimeras peut-être sans même l'avoir voulu. On ne peut jamais savoir, a-t-elle dit.

– Aucun risque, ai-je fait, l'air sombre.

– Tu n'as pas besoin de la voir comme une belle-mère. Essaye juste de t'entendre assez bien avec elle pour...

– Pour quoi ? Pour supporter sa compagnie deux jours sur quinze ?

– Non, un peu plus que ça, a répondu Maman en riant.

Je ne voulais pas me fâcher avec ma mère parce que rien de tout ça n'était de sa faute. Mais il fallait que je fasse une petite mise au point.

– Et mes amis ? J'ai quand même une vie à côté, tu sais. Ça va tout mettre par terre si je dois partir à vingt bornes d'ici tous les quinze jours. Tu as pensé à ça ?

– Une chose à la fois, Sarah. Commençons par voir comment va se passer ce premier week-end.

Après le coup de fil d'hier soir, j'avais donc quatre jours pour réfléchir à ce que j'allais faire. J'avais le choix entre :

1) Obtempérer.

2) Refuser d'y aller.

3) Demander à une copine de me cacher chez elle pendant le week-end en laissant Papa et Maman se faire un sang d'encre.

J'ai décidé de garder la troisième option en réserve pour une autre fois. La deuxième option était encore ma préférée, mais de peu. J'étais à quatre-vingt-dix-neuf pour cent contre le fait d'avoir quoi que ce soit à faire avec la briseuse de foyer. Mais – et ça me faisait mal de le reconnaître – un pour cent de moi était quand même dévoré par la curiosité. Je mourais d'envie de voir quel genre de femme avait pu arracher mon père à sa famille. J'espérais qu'elle était hideuse.

Mais mon père n'aurait sûrement pas choisi quelqu'un de hideux. C'était déjà dur d'imaginer mon père avec une belle femme, mais avec une femme laide, c'était encore pire. D'un autre côté, si elle était vraiment moche, il y aurait plus de chance pour que Papa la laisse tomber pour revenir avec Maman.

Mon cerveau faisait des cabrioles pour essayer de tout régler. J'aurais voulu qu'il existe une solution simple – une sorte de pancarte qui m'indique ce qui allait se passer. Tout ce que je voulais savoir, c'est s'il y avait une chance pour que Papa revienne avec Maman. J'ai fermé les yeux pour mieux réfléchir.

Des tas d'images d'*elle* tourbillonnaient dans ma tête, et plus je serrais les paupières, plus les images se précipitaient. Est-ce qu'elle était petite, grande ou moyenne ? Moyenne, oui, elle était sûrement moyenne. Blonde, brune ou grisonnante ? Euh… blonde, je pense. Yeux bleus, verts ou noisette ? Probablement bleus ou bleu gris. Cheveux courts ou cheveux longs ? Je n'arrivais pas à me décider. Je me la représentais facilement avec l'un ou l'autre.

J'ai ouvert grand les yeux et j'ai retenu mon souffle. La voilà, ma pancarte ! Le reste m'était venu tout seul. Elle était de taille moyenne avec des cheveux blonds et des yeux bleus. Mais je n'arrivais pas à visualiser la longueur de ses cheveux. J'ai refermé les yeux et respiré à fond pour voir où me mènerait ma pancarte. Si *elle* avait les cheveux longs, cela signifiait que Papa la quitterait pour revenir avec Maman. Si elle les avait courts, il resterait avec elle.

À partir de là, je n'ai plus arrêté de penser à ses cheveux.

# 2

# Suivre la pancarte

Il y a longtemps que Papa voudrait me présenter la femme qui a brisé notre famille, mais je n'ai tout simplement jamais voulu en entendre parler. Papa a donc pris l'habitude de venir nous voir à la maison. Je ne l'appelle même jamais chez *elle*, parce que je ne supporterais pas de tomber sur *elle* ou sur ses filles. Enfin, comment voulez-vous que j'accepte qu'il vive avec elles et pas avec nous ?

– Et toi, qu'est-ce que tu dirais de rencontrer Amanda, Charlie et Frankie ? avait un jour demandé Papa à Marc.

– Je m'en fous, avait marmonné Marc. Euh… comme tu veux.

Marc sait que je suis résolument contre l'idée de *la* rencontrer, alors il fait attention à ne pas paraître trop enthousiaste quand je suis à côté. Je me demande s'il réagit différemment quand je ne suis pas là. Pas sûr. Et maintenant que la rencontre tant redoutée doit avoir lieu, j'imagine mal mon frère si calme, gentil et raisonnable s'écrier : « Oh, super ! Génial ! Vivement le week-end ! »

Mercredi soir, Papa est passé parce que Maman voulait discuter d'une facture. C'était la première fois qu'il passait en semaine. J'allais peut-être enfin pouvoir découvrir ma pancarte : c'était l'occasion parfaite d'en savoir plus sur la longueur de *ses* cheveux. Il me fallait juste une ouverture. Et devinez quoi ? Clémentine, ma mignonne petite sœur de six ans complètement barge, m'a justement offert ça sur un plateau, à la mode Clémentine !

– Quand est-ce qu'on voit Amanda le panda ? a-t-elle demandé à Papa.

(Elle fait de la poésie à l'école. Visiblement, ça l'a marquée !)

– Vendredi, après la classe, a répondu Papa.

J'ai pris une profonde inspiration et je lui ai posé la question à un million de dollars aussi naturellement que possible.

– À quoi elle ressemble ?

Sa figure s'est éclairée comme si je venais de lui proposer d'être demoiselle d'honneur à son mariage.

– Oh, il faut vraiment que vous fassiez connaissance ! Je suis sûr que vous allez vous entendre, toutes les deux !

– Écoute, Papa, je n'ai pas envie de la rencontrer. Je n'en aurai jamais envie. Je te demandais juste comment elle est. Mais en fait, ça ne m'intéresse même pas. C'était juste pour être polie.

J'étais furieuse contre moi-même. Je n'avais pas envie d'être aussi agressive chaque fois que j'ouvrais la bouche pour parler à mon père, mais je ne pouvais pas m'en empêcher. Il n'a pas tiqué et s'est contenté de me donner une description. J'ai fait semblant de me concentrer sur mes ongles, mais en fait, je n'en perdais pas une miette.

– Bon, elle est plutôt petite… mince… avec… les yeux bleus et les cheveux blonds.

*Ouais, vas-y, Papa, continue !* Je n'arrivais pas à croire qu'il s'arrêtait au moment où ça devenait intéressant. J'avais bon pour la couleur des cheveux et des yeux, mais je ne savais toujours pas si elle avait les cheveux longs ou courts. Et je ne pouvais quand même pas lui poser la question alors que je venais de dire que ça ne m'intéressait pas !

– Tu veux bien nous laisser cinq minutes, Sarah ? Clémentine peut regarder la fin de la cassette qui est dans le magnétoscope.

J'ai donc emmené Clémentine tandis qu'un plan s'échafaudait dans mon esprit. J'allais faire en sorte que ce soit Clémentine qui pose la question, et, pendant qu'elle y serait, qu'elle se renseigne aussi sur certains détails que je voulais connaître, du genre comment elle s'habillait ou quel âge elle avait. Mais il fallait faire dans la subtilité. Je ne voulais surtout pas que Clémentine dise : « Papa, Sarah veut savoir comment Amanda est coiffée. »

J'ai donc dessiné une femme avec des cheveux blond paille tout courts et frisés, et des yeux bleus. Ensuite, j'ai fait attention qu'il n'y ait rien d'autre de très remarquable, et puis je lui ai fait un pantalon noir, une veste noire et de grande boucles d'oreille pendantes.

– Je me demande si la copine de Papa ressemble à ça, ai-je dit à Clémentine sur un ton dégagé.

– Amanda, tu veux dire ?

J'ai hoché la tête.

Elle a examiné mon œuvre d'art et a fait pile les réflexions que je voulais entendre.

– On n'a qu'à lui demander.

Papa était debout près de la table de la cuisine, et il examinait une facture tandis que Maman, les bras croisés, s'appuyait contre la cuisinière. J'espérais que les cinq minutes étaient écoulées parce que Clémentine a fait irruption dans la cuisine et s'est transformée en véritable moulin à paroles. J'arrivais derrière, le dessin fourré dans ma poche.

– Elle est comment, Amanda, Papa ? Est-ce qu'elle fait de la moto ?

Cette fille était désespérante. Les vêtements noirs de mon dessin l'avaient envoyée complètement à côté de la plaque.

– Amanda ? Oh non ! Elle n'a qu'une bonne vieille voiture.

– Elle est verte, comme voiture ?

– Non, elle…

– Noire ?

– Non…

Il fallait que je remette Clémentine sur les rails avant qu'elle débite toutes les couleurs de la création. Heureusement, Maman s'était penchée pour prendre quelque chose dans un placard, et Papa se concentrait toujours sur sa facture.

J'ai sorti le dessin de ma poche et je l'ai montré vite fait à Clémentine.

– Est-ce que c'est la plus belle dame du pays, Papa ?

– Euh… non… sûrement pas la plus belle de toutes, a répondu Papa distraitement.

– Mais est-ce qu'elle demande tous les jours à son miroir si elle est la plus belle en ce royaume ?

J'ai toussé et froncé les sourcils, mais Clémentine n'a pas saisi le message.

Quelqu'un avait dû prononcer le mot « belle-mère » devant elle, et tout ce qui lui venait à l'esprit, c'était la marâtre de Blanche-Neige.

Mon plan avait raté, et comme Marc ne s'intéresserait jamais à ces « affaires de filles », je n'avais plus qu'à trouver mes indices toute seule.

La décision était prise. Je ferais la connaissance de la briseuse de foyer, de ses deux filles, Charlie et Frankie, et de leur labrador, Rosie (quel nom stupide pour un chien !). Mais si les adultes pensaient qu'ils allaient s'en tirer comme ça, ils se fourraient le doigt dans l'œil jusqu'à la clavicule !

# 3

## Le jour tant redouté

Pendant tous les cours du vendredi, je n'ai pensé qu'au week-end d'enfer qui m'attendait.

– Alors, on a hâte de voir la petite amie de son père, Sarah ? a demandé Tom Brown avec un grand sourire stupide.

– Ferme-la, concierge ! a intimé Laurène en me passant un bras autour des épaules pour m'entraîner loin du fouineur de la classe. L'écoute pas, Sarah. Contente-toi de survivre à ton week-end et raconte-nous tout lundi. Ce sera sûrement beaucoup moins pire que ce que tu crains.

– Je parie que Clémentine a hâte d'y être, non ? a fait Katie.

– M'en parle pas. Elle est complètement insupportable.

J'ai levé les yeux au ciel, mais en fait, j'avais terriblement peur que ma petite sœur s'entende très bien avec *elle*. Je voulais que ce week-end soit pour *elle* une véritable catastrophe. Ça commencerait tout juste à nous venger de ce qu'elle nous avait fait. Le reste suivrait plus tard.

Il était six heures quand Papa est venu nous prendre. Je le guettais par la fenêtre de ma chambre pour ne pas être prise au dépourvu si jamais *elle* se trouvait avec lui. Quand la voiture s'est approchée, mon cœur s'est mis à cogner dans ma poitrine.

*Faites qu'elle ne soit pas là. Faites qu'elle ne soit pas là.*

J'ai tendu le cou pour voir. La voiture s'est arrêtée. Est-ce qu'elle y était ? Est-ce qu'elle y était ? Non ! Ouf ! Et puis j'ai vu Papa regarder dans son rétroviseur et se remettre les cheveux en place avant de descendre. J'ai éprouvé comme un frisson d'espoir. Il soigne son image. Cela ne peut pas être pour nous. Alors il doit vouloir faire bonne impression sur Maman.

Peut-être, enfin, juste peut-être, qu'il l'aime encore et qu'il regrette de l'avoir quittée. Peut-être que l'horrible cauchemar qu'on vient de vivre est presque terminé. Oui, c'est ça ! Il a changé d'idée. Il n'est pas trop tard ! Maman n'a personne d'autre dans sa vie. Elle va sûrement lui pardonner et tout redeviendra comme avant.

J'ai filé en bas et j'ai ouvert la porte avant même que Papa ait pu sonner. Il a eu l'air surpris, mais très content de voir mon sourire. J'ai appelé :

– Maman ! Papa est là.

Elle est arrivée à la porte avec un visage soupçonneux. Papa s'est tout de suite inquiété. J'ai compris ce qui se passait comme dans un éclair. Papa a cru que je souriais parce que je ne venais pas avec lui. Il a cru que je demandais à Maman de lui annoncer la nouvelle. Maman a cru que je l'appelais parce que Papa avait dit quelque chose qui m'avait fait changer d'avis et que je ne voulais plus partir. Ils se regardaient tous les deux en chiens de faïence, chacun attendant que l'autre fasse le premier pas. Maman s'est ressaisie la première.

– Je vais voir si Clémentine n'a pas redéballé toutes ses affaires, a-t-elle dit en levant les yeux au plafond, vu que la petite avait déjà refait cinq fois son sac au cours des cinq dernières heures.

Papa m'a serrée maladroitement dans ses bras et m'a dit que mon pantalon m'allait très bien. Super, je me suis dit. Papa et Maman se remettront ensemble quand les poules auront des dents, mais on n'en a rien à cirer ! Mon père aime bien mon pantalon !

Pendant tout le trajet, Clémentine a fait comme si on allait à Disneyland ou je ne sais quoi. Elle était sur un petit nuage et ne voulait pas en redescendre. Marc ne disait rien. Je suppose qu'il était un peu inquiet à l'idée de devoir rester dans un endroit qu'il ne connaissait pas du tout. Mais comment savoir ce qui se passait dans la tête de Marc ?

Personnellement, je faisais tout pour qu'il soit clair que je n'avais pas l'intention de participer à cette mascarade pathétique de famille nageant dans le bonheur. J'imaginais trop bien mon père et *elle* en train de tout organiser hier soir.

— *On va la jouer très naturel…*

— *Oui, surtout pour Sarah qui a particulièrement souffert de… tu sais bien… tout ça, quoi.*

— *C'est clair. Il va falloir qu'on la chouchoute particulièrement.*

« C'est clair » et « chouchouter ». Ça me rend malade d'entendre des adultes employer ce genre d'expressions. Je parie qu'elle parle comme ça. Tant mieux, parce que ça lui ferait perdre encore plus de points à mon compteur personnel d'évaluation de briseuses de foyer.

– Nous y voilà ! a annoncé Papa de sa voix faussement enjouée.

On venait de s'engager sur une allée assez large pour faire tenir deux voitures. On s'est garés à côté d'une Sierra rouge. J'ai jeté un coup d'œil à l'intérieur en espérant que ce soit immonde. Raté. Je suis descendue de voiture sans rien dire et j'ai fait bien attention de ne pas regarder les fenêtres de la maison au cas où *elle* aurait guetté notre arrivée. Elle aurait pu nous faire coucou, ou quelque chose d'aussi répugnant que ça. Ça paraissait plus grand que chez nous.

– Elle est grande, comme maison, hein mon papounet ? a demandé Clémentine.

– Appelle-le *Papa*, j'ai dit. Ça fait des années que tu ne l'appelles plus comme ça. Qu'est-ce qui te prend de faire le bébé ?

Je sais que je n'aurais pas dû lui parler aussi sèchement. Je m'en suis voulu de la troubler comme ça, surtout en entendant ce qu'elle a dit ensuite :

– C'est une toute petite maison, hein Papa ?

– Mais tu viens de dire qu'elle était grande, est intervenu Marc.

– C'est parce qu'elle est grande *et* quand même petite, a dit Clémentine.

Et puis elle a dû se sentir très bête parce qu'elle a fondu en larmes. J'avais envie de la consoler, mais en même temps, je me disais : *Super ! Continue de pleurer pour qu'elle voie à quel point on a tous envie d'être là, ma puce.*

– Eh, mais qu'est-ce que c'est que ça ? a fait Papa en lançant Clémentine en l'air avant de déposer un baiser sur le sommet de son crâne. En fait, c'est exactement ce que je pense, et Amanda aussi. Parfois, la maison paraît grande, et parfois, elle paraît petite.

Il a reposé Clémentine, lui a pris fermement la main et l'a entraînée vers la porte en lui balançant le bras comme un petit soldat. Tout ça était tellement forcé. Marc pensait visiblement la même chose. Il a fait mine de se mettre un doigt dans la gorge pour se faire vomir. C'est exactement ce que je ressentais. Ce bon vieux Marc. J'ai laissé échapper un petit rire, et Papa s'est retourné.

– Bravo ma Titine (il l'a toujours appelée comme ça), tu as fait rire ta sœur.

Et Papa a eu un rire forcé qui donnait encore plus envie de gerber. J'aurais tellement voulu qu'il arrête d'en faire des tonnes.

– Si je riais, c'est à cause d'un truc entre Marc et moi, ai-je précisé d'une voix aussi désagréable que possible.

Et puis la porte s'est brusquement ouverte, et l'une de *ses* filles était là.

– Salut, Robert. Salut tout le monde. Entrez.

Je ne voulais pas qu'une parfaite étrangère qui n'était même pas une adulte appelle mon père par son prénom. C'était *mon* père, pas le sien, et j'avais bien l'intention de lui faire entrer ça dans le crâne avant la fin du week-end.

– Au fait, je suis Charlie. Et je parle tout le temps, hein Robert ?

– Ça oui ! a fait Papa avec un sourire digne du chat d'*Alice au pays des merveilles*.

J'ai levé les yeux au ciel à l'intention de Marc. Mais Marc ne me regardait même pas. Il ne pouvait plus décoller les yeux de Charlie et sa langue

traînait pratiquement par terre. Il la trouvait visiblement incroyable avec ses longs cheveux blonds
ondulés et ses yeux bruns pétillants. J'ai poussé
un gémissement intérieur.

— Je te présente Clémentine, a dit Papa en nous
poussant tous dans l'entrée.

J'ai fait bien attention de traîner pour qu'on ne
puisse pas penser une seule seconde que j'étais
contente d'être là. On se trouvait dans le vestibule, en bas de l'escalier. Les murs étaient d'une
sorte d'ocre orangé, ce qui faisait très moderne,
et la moquette était carrément moelleuse. C'était
plus cossu que chez nous.

— Alors, ma Titine, tu veux dire à Charlie quel
âge tu as ? Hein ?

Oh, mais pourquoi ne mettait-il pas la sour-
dine ? C'était proprement insupportable.

Ensuite, l'autre sœur est sortie de l'une des
trois pièces qui donnaient sur le vestibule.

— Voilà Frankie, a présenté Charlie.

— Bonjour, a fait Frankie en souriant à Clémentine qui regardait l'une et l'autre sœur
comme si elle venait de tomber en plein milieu
d'un conte de fées.

Même Marc continuait de les admirer, bouche bée. J'avais envie de frapper dans mes mains pour les ramener sur terre.

Charlie et Frankie ressemblaient vraiment à des jumelles alors qu'elles avaient un an d'écart. À part les cheveux, qui leur descendaient à la taille, elles portaient toutes les deux un haut French Connection et des tennis Nike. Je n'avais plus qu'à attendre de voir l'affreuse marâtre surgir pour que mon bonheur soit complet.

Et alors, devinez quoi ? Mon vœu (ha ! ha !) s'est réalisé !

– Bonjour… a-t-elle lancé en plongeant au milieu de notre famille, un téléphone portable à la main.

Elle essayait d'atteindre le rebord de la fenêtre, et il se trouvait que c'était moi qui était le plus près.

– Pardon… Sarah, s'il te plaît, tu peux me passer le bout de papier, là… Oui, c'est ça… merci… excusez-moi, je suis au téléphone. J'arrive tout de…

Et elle a filé. Elle nous avait à peine regardés. Enfin, elle m'avait bien adressé un sourire en passant, mais j'ai bien vu qu'elle avait l'esprit ailleurs. Et elle ne s'était même pas tournée vers Marc ni Clémentine. Je n'arrivais pas à y croire. Je m'en voulais terriblement. Ça ne faisait pas trente secondes que j'étais dans cette baraque et j'avais déjà fichu en l'air toutes mes résolutions de *lui* rendre la vie impossible.

C'est juste parce qu'elle m'avait eue par surprise. Je ne savais pas vraiment ce qu'elle voulait et je lui avais passé le papier machinalement. Elle ne s'était pas du tout comportée comme je m'y attendais. Peut-être que tout ça faisait partie d'un plan et qu'en fait, elle ne téléphonait pas vraiment mais avait pris le portable pour se donner une attitude et briser plus vite la glace. Elle n'allait pas s'en tirer aussi facilement. De la glace, elle allait en avoir par seaux entiers.

# 4

# Solidarité familiale ?

— Clémentine et Sarah vont dormir avec nous, et Marc aura une chambre à part. Vous voulez qu'on vous montre ? a demandé Charlie.

— Ohé, pas si vite ! a protesté Papa en se faisant une voix d'animateur de club de vacances. Et si on retirait les manteaux d'abord, hein ?

Il aurait tout aussi bien pu siffler en l'air. Clémentine et Marc (toujours sous le charme ensorceleur des deux belles au bois dormant) ont suivi les vagues de cheveux blonds à l'étage. Et puis il y a eu un bruit dans la cuisine et Papa s'est précipité en disant qu'il ferait mieux d'aller voir puisqu'*elle* était au téléphone. Alors je suis restée seule, à me sentir de trop. Et c'est à ce moment-là (vous l'auriez parié, non ?) qu'*elle* a raccroché et m'a trouvée là.

– Désolée, Sarah, c'était ma mère. Elle a toujours le chic pour choisir son moment ! a-t-elle expliqué, sans attendre de réponse. Mais, où sont-ils tous passés ?

– Sont allés voir leurs chambres, ai-je marmonné.

– Tu veux monter aussi, ou bien tu préfères avoir un peu de tranquillité ?

C'était donc sa tactique. Me traiter en copine pour que je ne puisse pas lui reprocher de vouloir prendre la place de ma mère. D'accord, je vais me mettre sur la même longueur d'ondes et on verra bien qui va gagner.

– Je crois que je vais monter.

– Je suis vraiment désolée, mais ça va être un peu serré. Je disais à ton père que ce ne serait peut-être pas mal de monter une cloison dans cette pièce. Ça vous donnerait au moins un peu plus d'intimité.

Je ne sais pas si elle s'attendait à des remerciements ou quoi, mais je me suis juste tournée vers l'escalier. À ce moment-là, Papa est sorti de la cuisine.

– Les lasagnes sont presque prêtes. Est-ce qu'on mange maintenant, Mandy ?

(Mandy ? Beurk !)

– Parfait pour moi, a-t-elle répondu.

Ils faisaient tous les deux comme si je n'étais pas là. Où étaient passées toutes les petites remarques faussement embarrassantes ? Qu'était devenu le ton enjoué forcé de mon père ? Pourquoi était-*elle* si terriblement… *normale* ?

Une vague de déprime m'a submergée pendant que je montais lentement l'escalier. Ça ne se passait pas du tout comme je l'avais prévu. J'imaginais déjà la conversation, lundi, à l'école.

Kelly : *Alors, elle était comment, la copine de ton père ?*

Moi : *Oh, très normale en fait.*

Kelly, Marie, Katie et Laurène : *Ah… bon.*

Ça, c'était sûr que ça allait les passionner. Ha ! Ha ! Ma seule consolation était qu'il y avait des tas de week-ends en stock, des tas de moments où Papa et *elle* pourraient faire des tonnes d'erreurs.

J'étais déjà presque en haut de l'escalier quand j'ai soudain pensé à quelque chose : *ses* cheveux. Étaient-ils longs ou courts ? Je me suis arrêtée net en me demandant comment j'avais pu oublier de vérifier un détail aussi crucial. Tout avait été tellement vite et il y avait eu tellement de trucs à penser que je n'avais tout simplement pas fait attention.

J'ai fermé les yeux pour essayer de me la représenter. Elle avait les cheveux longs. Oui, définitivement longs. Enfin, presque aux épaules, quoi. Est-ce qu'on pouvait dire que c'était long ? Ça rebiquait un peu en bas, mais j'étais certaine que ça dépassait nettement le menton. Est-ce que ça dépassait vraiment ? Il fallait que je le sache immédiatement. Tant de choses dépendaient de la longueur des cheveux de la briseuse de foyer. L'avenir de deux familles, pour commencer.

Un tumulte de rires et de voix criardes passait sous la porte de la chambre. Ils m'avaient tous laissée dehors, c'est ça ? J'entendais même Marc rire. Il était censé être de mon côté. Et mon œil ? J'aurais parié que personne n'avait même remarqué mon absence. Tant pis, ils n'avaient qu'à s'amuser sans moi. Ils me rendaient malade, de toute façon.

J'ai laissé mon sac en haut de l'escalier et je suis redescendue sur la pointe des pieds. Tout ce que je voulais, c'était jeter un coup d'œil sur sa coiffure, et remonter vite fait sans que personne s'en aperçoive. Et puis je *l'*ai entendue roucouler.

Pouah ! C'était révoltant ! Voilà que je tombais sur une conversation d'amoureux. Mais c'était bizarre parce que Papa ne disait rien. J'étais juste devant ce qui devait être le salon. Par la porte entrouverte, j'apercevais un canapé vert et crème et le bout d'un buffet.

– Mais oui, mon vieux, tu es beau comme tout, disait-*elle*.

J'ai prié pour qu'ils ne soient pas en train de s'embrasser, ou je risquais fort de souiller la moquette du vestibule en gerbant dessus.

En bougeant un tout petit peu vers la gauche, j'étais sûre de l'apercevoir… quand un labrador impétueux a bondi par la porte du salon et s'est jeté sur moi avec une grande excitation. Malheureusement, il n'a pas pu s'arrêter à temps et s'est écrasé sur moi, me faisant trébucher. Pour tenter de regagner mon équilibre, j'ai dû faire un pas en avant, et j'ai atterri de tout mon poids sur la patte de la pauvre bête.

Elle a poussé trois glapissements sonores. On aurait dit une sirène d'alarme, parce que tout le monde a été là dans les cinq secondes, juste à temps pour voir le chien me fuir en boitillant.

– Q'est-ce que tu as fait à Rosie ? m'a demandé Clémentine d'un air accusateur.

Elle s'appuyait contre Frankie qui se tenait derrière elle, bras croisés sur les épaules de ma petite sœur, et mains serrées contre la poitrine de cette même petite sœur. Charlie et Marc étaient assis côte à côte, au milieu de l'escalier ; ils formaient tous de beaux couples, sauf moi. Même Papa était penché au-dessus du chien. J'étais visiblement de trop.

*Elle* se tenait dans l'encadrement de la porte du salon et se passait la main dans les cheveux. Et là, je les ai bien vus, ses cheveux. Ils n'étaient ni longs ni courts mais lui arrivaient juste sous le menton, en une sorte de carré souple. En les étirant, ils devaient pouvoir toucher les épaules. Est-ce que ça comptait ? Je n'en savais rien. J'y réfléchirais plus tard.

– Elle s'en remettra, a-t-*elle* lâché avec insouciance. Et puis, c'est de sa faute. Elle n'a qu'à pas foncer partout comme ça.

Elle a fait mine de partir, mais personne d'autre n'a bougé.

– Mais qu'est-ce que tu as fait eguesaquetement à Rosie, Sarah ? a insisté Clémentine.

J'ai pété un plomb.

– Mais je ne lui ai rien fait, moi à ce chien ! ai-je répliqué d'une voix sifflante. C'est lui qui a failli me mettre par terre !

Je me suis mise à monter l'escalier, forçant le passage entre Marc et Charlie. Personne ne bougeait. Je parie qu'ils se regardaient tous. Je me suis mordu la lèvre. J'avais la gorge en feu. Rien ne se passait comme il fallait. Je n'aurais jamais dû accepter de venir. Maintenant, ils allaient tous être contre moi. Même Marc et Clémentine.

La porte de la chambre des filles était ouverte. Alors je suis entrée, parce que je ne savais pas quoi faire. De toute façon, je n'avais nulle part où aller. C'était bien le problème : j'étais piégée. Je suis allée tout au fond de la chambre, j'ai mis les mains sur ma figure et j'ai serré les paupières pour arrêter les larmes. Je ne pouvais même pas pleurer en paix. Il n'y avait pas un coin tranquille ici.

Au bout d'un moment, j'ai regardé autour de moi. La chambre était beaucoup plus grande que celle que j'avais à la maison, toute jaune et bleu vif, avec plein de décorations. Il y avait des bougeoirs en fer forgé avec des bougies dessus, des mobiles et des carillons. La commode était immense, et elle était couverte de pots, de flacons et de petites photos.

La curiosité l'a emporté et je suis allée regarder les photos de plus près. Il y en avait une d'un type que je ne connaissais pas, sans doute le père de Frankie et de Charlie. Il avait l'air gentil. Le pauvre – dire que sa femme l'avait laissé tomber à la première occasion. Il s'était remis avec quelqu'un d'autre maintenant. Ça faisait bizarre de penser que Charlie et Frankie allaient voir leur père avec une autre femme qui n'était pas leur mère. Je me suis demandé si celle-ci aussi avait quitté quelqu'un. Et si cette autre personne avait retrouvé quelqu'un à son tour. Combien d'enfants dans ce pays allaient passer le week-end avec une belle-famille, des frères et des sœurs par alliance ? Est-ce qu'un vent de folie avait soufflé sur les familles pour les recomposer autrement ?

En voyant l'autre photo, je n'ai pas pu réprimer un hoquet. *Elle* se trouvait au milieu, la tête nichée contre l'épaule de *mon* père, un bras passé autour de Frankie, l'autre main posée sur l'épaule de Charlie qui était agenouillée au premier plan et levait le bras pour tenir la main de *mon* père.

Ils affichaient tous les quatre des sourires crétins. Sans prendre le temps de réfléchir, j'ai pris la photo et l'ai retournée face contre la commode. Il y a eu un bruit de verre brisé. Je n'ai pas osé soulever le cadre pour voir ce que j'avais cassé. J'écumais de rage et d'amertume. Je détestais cette belle-famille. Je détestais aussi mon père, ce traître.

J'ai attendu que mon cœur se calme et je me suis glissée vers le palier. On n'entendait personne monter, alors je suis allée jeter un coup d'œil sur la chambre où devait dormir Marc. J'arrivais à la porte quand Papa a appelé d'en bas :

– Le dîner est servi, Sarah !

Je n'ai pas fait le moindre bruit jusqu'à ce que je l'entende retourner vers ce que je supposais être la cuisine. Je reconnais que je mourais de faim, mais la dernière chose dont j'avais envie, c'était de me mettre à table avec eux. Et puis pourquoi Papa employait-il soudain cette expression : « Le dîner est servi » ? Quand il était à la maison, il disait tout simplement « À table ! ». Ça devait être une de ses expressions à *elle*. Je n'ai pas pu voir la chambre de Marc, parce qu'à ce moment-là, j'ai entendu un bruit de voix et de rires venir d'en bas, et j'ai su qu'on rouvrait la porte de la cuisine.

Je suis retournée vite fait dans la chambre des filles, j'ai sorti un journal de mon sac et me suis allongée sur un lit, sur le côté, en faisant semblant d'être très absorbée par ma lecture. Je tournais le dos à la porte ouverte, mais, quand on a frappé, j'ai tout de suite su que c'était *elle*. Je sentais son parfum jusque-là. Tous les muscles de mon corps se sont tendus.

# 5

## Le premier repas
## (Dommage
## que ce ne soit pas le dernier)

– Les lasagnes sont sur la table, Sarah, a-t-elle annoncé. Pourquoi ne descends-tu pas manger avec nous ?

Je n'ai pas bougé d'un poil.

– J'ai pas faim.

Elle a fait le tour du lit. Je gardais les yeux rivés sur mon journal.

– Ne t'en fais pas, j'ai expliqué à Clémentine que tu n'avais pas fait exprès de marcher sur la patte de Rosie, a-t-elle repris d'une voix qui montrait comme elle était contente d'elle.

Elle se trouvait visiblement si compréhensive. Ça m'énervait prodigieusement.

Elle me souriait comme si j'avais trois ans et demi. Elle espérait le prix de la meilleure belle-doche de l'année ou quoi ? Je me suis dit qu'une petite mise au point s'imposait.

– Je ne m'en faisais pas. Clémentine est ma sœur, au cas où vous l'auriez oublié, et je sais très bien quand elle joue la comédie.

– Pardon… je voulais juste m'assurer que tout allait bien.

Il y a eu un silence et je n'ai pas levé les yeux.

– Ton père m'a dit que tu faisais beaucoup de tours de cartes.

Est-ce qu'elle pensait vraiment que j'allais parler avec *elle* de ma grande passion du moment ? J'ai émis un grognement et elle a continué :

– En fait, moi aussi, j'adore les tours de cartes… et je me disais qu'on pourrait peut-être en échanger quelques-uns ?

Je parie qu'elle inventait ça pour montrer qu'on pouvait devenir super copines. Mais j'aurais voulu qu'elle parte et qu'elle me laisse tranquille. Elle a fait une nouvelle tentative :

– Tu ne veux pas changer d'avis et venir manger quelque chose ?

– Non.

– Le problème, c'est que tu auras sûrement faim plus tard, alors pourquoi ne pas avaler un morceau maintenant ?

– Je pourrai manger plus tard si j'ai faim, non ?

– Non, parce qu'après le dîner, tout est débarrassé et rangé.

Sa voix s'était durcie et j'ai levé les yeux. Mais alors, elle m'a gratifiée à nouveau de son sourire suffisant qui semblait dire : *Je crois bien que j'ai gagné cette bataille.* Elle ne prenait pas exactement un air triomphant, mais je savais que c'était ce qu'elle éprouvait au fond d'elle-même.

– Maman ne m'oblige pas à manger quand je n'ai pas faim.

– Très bien. Tu descends quand tu changes d'avis.

Et elle est partie. Comme ça. Je l'ai entendue dévaler l'escalier. J'ai balancé mon journal par terre. Voilà, maintenant, j'allais avoir la dalle ! C'est Papa qui aurait dû monter me chercher. Pas *elle*. C'est pas à *elle* de me dire ce que je dois et ne dois pas faire.

Je suis allée m'asseoir en haut des marches pour essayer d'entendre leur conversation. Mais tout ce qui me parvenait, c'était la voix de

Clémentine qui n'arrêtait pas une seconde, et les éclats de rire des autres. Ma petite sœur faisait son numéro. Elle pouvait transformer une anecdote en une longue histoire pleine de rebondissements, et ça faisait immanquablement rire les gens.

Les lasagnes sentaient délicieusement bon et j'avais vraiment très faim. Mais je ne voyais pas comment je pouvais descendre et me mettre à table comme si de rien n'était. Clémentine s'arrêterait en plein milieu d'une phrase et tout le monde me regarderait.

Soudain, Clémentine *s'est* interrompue au milieu de sa phrase, et j'ai entendu la voix haut perchée de Charlie (ou était-ce celle de Frankie ?) demander bien fort :

– Sarah n'est pas anorexique au moins, Robert ?

Mon sang n'a fait qu'un tour. Comment pouvait-elle suggérer une chose pareille à mon père ! Alors, je n'avais même plus le droit de sauter un repas sans qu'une espèce d'idiote qui ne savait rien de moi me traite d'anorexique ?

J'ai foncé en bas pour faire irruption dans la cuisine. Tout le monde a levé les yeux.

– Non, je ne suis pas anorexique ! ai-je informé l'une des blondasses en espérant que je foudroyais bien du regard celle qui avait parlé.

– C'est Charlie qui a dit ça, pas moi, a-t-elle répondu calmement.

Super, je m'étais trompée ! Le destin avait vraiment une dent contre moi.

– Te voilà, Sarah. Je t'ai mise à côté de ton père, a-t-*elle* dit en bondissant pour me servir une plâtrée de lasagnes.

Papa a tiré une chaise et a tapoté le siège. J'ai hésité une seconde, et puis je suis allée m'asseoir. Tous les bavardages et les rires que j'avais entendus d'en haut semblaient s'être éteints, ce qui faisait de moi l'empêcheuse de tourner en rond. Et, pour arranger les choses, Charlie, Frankie, Marc et Clémentine ont dû attendre que je finisse mes lasagnes avant de passer au dessert. Je sentais leur regard peser sur moi. Mais je n'arrivais pas à manger plus vite. J'avais l'impression d'être bonne pour une indigestion. Si seulement j'avais trouvé quelque chose de spirituel à dire pour détourner leur attention. Mais j'avais beau me creuser la cervelle en fourrageant dans ma montagne de lasagnes, tout ce qui me venait à l'esprit me paraissait lamentable ou ennuyeux.

J'ai fini par pousser mon assiette de côté en faisant un effort pour ne pas me tenir le ventre, et j'ai bredouillé :

– J'en peux plus.

Je ne crois pas qu'on m'ait entendue. Ils s'étaient soudain plongés dans une conversation passionnante sur le parfum des glaces.

Dès que Clémentine a eu aspiré bruyamment sa dernière cuillerée de glace au chocolat, Frankie a demandé si on pouvait se lever de table, et *elle* a hoché la tête. Je m'attendais à ce qu'ils se ruent tous au premier, mais, à ma grande surprise, tout le monde s'est mis à débarrasser la table et à charger le lave-vaisselle. Clémentine elle-même est partie en tenant fièrement sa coupe à dessert. J'allais suivre le mouvement, quand *elle* m'a posé une question :

– Y a-t-il quelque chose de bien à la télé, ce soir, Sarah ?

Ah, ah ! J'avais enfin l'occasion de faire une répartie amusante.

– Vous me prenez pour quoi, un programme télé ambulant ?

À peine les mots ont-ils franchi mes lèvres que j'ai su que je m'étais complètement plantée. Je m'étais juste montrée malpolie et pas drôle du tout.

Frankie et Charlie ont aussitôt commencé à débiter nerveusement tout le programme de la soirée, comme si elles cherchaient désespérément à compenser ma grossièreté. Marc a demandé s'il pouvait aller au salon.

– Oui, bien sûr, Marc, a-t-*elle* répondu avec un sourire éblouissant, sans doute pour le remercier de se comporter tellement mieux que moi.

C'est alors que ma petite sœur pleine de tact, la si populaire Mlle Clémentine Dale, a claironné :

– Est-ce que Sarah a encore été méchante ?

Puis elle a regardé autour d'elle avec un air entendu, sachant très bien, la petite saleté, qu'elle faisait tout pour me faire engueuler. J'ai constaté que personne ne prenait ma défense. Papa a simplement dit d'une voix lasse et éprouvée :

– Clémentine, va voir Marc… Sarah, a-t-il repris sur un ton plus sec, débarrasse ton assiette.

– Mais c'est ce que j'allais faire ! ai-je protesté avec indignation.

Pendant que je mettais mon assiette dans le lave-vaisselle, je savais que tout le monde me regardait, et que tout le monde me détestait.

– Tu veux aller regarder la télévision avec les autres, Sarah ? m'a-t-*elle* demandé de sa voix pleine de tolérance.

– Non, je monte, ai-je répliqué.

On ne pouvait pas dire ça d'un ton aimable, donc j'avais tout faux dès le départ.

– Il n'en est pas question, jeune demoiselle, a fait Papa.

Quelque chose me disait qu'il ne plaisantait pas et que, aussi humiliant que ça puisse être, j'avais intérêt à lui obéir. J'ai regardé droit devant moi pour passer à côté de Frankie et de Charlie et filer au salon. J'espérais juste que je n'étais pas rouge tomate.

Cette soirée a été l'une des pires de ma vie. J'avais l'impression d'avoir un nœud au creux de l'estomac. Je savais depuis le début que ce week-end allait mal se passer, mais là, ça dépassait mes pires cauchemars. Si seulement j'avais pu revenir en arrière et repartir à zéro. J'en avais marre qu'on me prenne pour une fille difficile. Une partie de moi aurait voulu que Charlie et

Frankie sachent qu'en fait, je n'étais ni désagréable ni ombrageuse. Mais c'était trop tard. Ce qui était fait était fait.

Plus tard dans la soirée, *elle* nous a demandé ce que nous voudrions faire le lendemain. J'ai gardé les yeux fixés sur l'écran de télé en espérant que personne n'attendait de réponse de ma part. Si cela n'avait tenu qu'à moi, j'aurais voulu rentrer à la maison. Quoi qu'il arrive, ce ne serait qu'une nouvelle journée où tous s'entendraient très bien les uns avec les autres, sauf moi. Je me suis raidie et j'ai attendu que quelqu'un réponde.

— Vous pourriez nous laisser en ville pour qu'on fasse un peu de lèche-vitrine ? a proposé Charlie tandis que je dévorais l'écran des yeux en me demandant ce qu'elle entendait par « nous ».

La réponse de mon père m'a suffi.

— Ça me paraît une bonne idée, a-t-il dit. Clémentine et toi, Marc, vous pourriez venir avec Amanda et moi, pendant que les trois grandes se baladeront ensemble.

— D'accord, a répondu Marc aussitôt.

Je me suis demandé ce qu'il avait en tête. Il faudrait peut-être que je lui parle seule à seul un peu plus tard.

Frankie n'a rien dit. Je parie qu'elle se disait qu'elle ne voulait pas se coltiner une fille aussi désagréable que moi.

– Qu'est-ce que tu en penses, Sarah ? a demandé Papa d'une voix faussement légère.

– Ça m'est égal, ai-je réussi à marmonner.

– Bon, eh bien c'est réglé ! a-t-*elle* conclu.

# 6

## La conspiration

En prenant mon petit déjeuner, le lendemain matin, j'ai regardé la pendule pour voir combien d'heures j'avais déjà passées dans ce cauchemar, et combien il m'en restait à tirer. Quinze de passées, vingt-neuf à tirer.

La veille au soir, j'étais restée éveillée pendant des heures à tout retourner dans ma tête, recroquevillée dans le sac de couchage. Je n'avais pas pu parler à Marc en privé. En fait, ça avait été difficile de faire quoi que ce soit en privé. (J'avais fini par me déshabiller dans la salle de bains.)

Plus tard, *elle* avait passé la tête dans l'embrasure de la porte pour chuchoter « Bonne nuit tout le monde », mais j'avais fait semblant de dormir.

Le matin, je me suis levée de bonne heure, me suis habillée dans la salle de bains et suis restée un moment sur le palier, à guetter les bruits. Je ne pouvais être sûre d'être la seule debout, alors je suis descendue sur la pointe des pieds et j'ai ouvert la porte de la cuisine très doucement.

Jusque-là, tout allait bien. Il n'y avait que Rosie dans la cuisine. Elle se trouvait dans son panier mais a remué la queue et s'est approchée de moi dès qu'elle m'a vue. Je me suis assise par terre ; elle s'est couchée et a posé sa tête sur mes jambes.

— Je regrette de t'avoir marché sur la patte, hier, lui ai-je murmuré en la caressant.

Elle a émis un petit jappement comme si ça ne valait pas la peine d'aboyer, mais qu'elle ne voulait pas paraître impolie.

Ça m'a fait un choc de voir la porte s'ouvrir. J'ai levé la tête et je l'ai vue, *elle*, entrer. Elle portait un jean et un sweat-shirt, et marchait pieds nus. J'avais espéré que ce serait Papa, ou Marc. Elle a dû voir ma déception parce que son sourire s'est un peu décomposé. Je me suis levée pour aller près de la table, où j'ai fait semblant de regarder le journal de la veille.

– Alors tu es du genre lève tôt, comme moi ? a-t-elle lancé d'un ton qu'elle aurait voulu enjoué, mais sans y arriver.

– Mmm, a été tout ce que j'ai pu répondre.

J'aurais voulu qu'elle arrête de faire semblant d'être comme moi. C'était évident qu'elle ne pouvait pas m'aimer plus que je ne l'aimais.

Je l'ai regardée du coin de l'œil. Elle a pris une boîte dans un placard, un ouvre-boîtes dans un tiroir, et les a posés tous les deux. Puis elle a branché la bouilloire et s'est dirigée vers le lave-vaisselle.

– Voilà. Tu peux donner à manger à Rosie si tu veux.

Je voulais bien. Rosie semblait être ma seule amie ici. J'ai ouvert la boîte et je m'apprêtais à fouiller tous les tiroirs à la recherche d'une cuiller pour ne pas lui demander où c'était quand elle a dit :

– Il y a des cuillers dans le tiroir du milieu. Tu trouveras son bol dans le débarras.

J'ai mis de l'eau fraîche dans le bol de Rosie et j'ai regardé la chienne attaquer sa pâtée. Puis je suis retournée à mon journal.

– On dirait qu'il va faire beau, a-t-elle commenté.

– Mmm, j'ai fait sans lever les yeux.

Je n'ai jamais trouvé que le temps était un sujet de conversation passionnant. J'ai été soulagée de voir arriver Clémentine.

Le plan, c'était qu'Amanda nous dépose, Charlie, Frankie et moi, près de la rue commerçante, puis aille rejoindre les autres. Je suis montée tout au fond de la voiture pour être sûre de ne pas me retrouver à côté d'*elle*. Je m'attendais à ce que Charlie ou Frankie monte devant, mais elles ont toutes les deux pris place à l'arrière, une de chaque côté de moi.

– J'ai l'impression d'être un chauffeur de taxi, a-t-*elle* remarqué en démarrant.

– Qu'est-ce que vous allez faire, quand on sera en ville ? a demandé Charlie.

– Je vais faire les courses avec Clémentine pendant que Robert emmènera Marc voir une expo de petits trains électriques.

Je me suis crispée. Personne ne m'avait dit que Marc et Papa allaient faire quelque chose de leur côté. J'aurais tellement préféré être avec eux.

Tout ça avait été organisé derrière mon dos. C'était comme une conspiration.

– Je ne peux pas aller avec Papa et Marc ?

Elle a paru désarçonnée.

– Eh bien… euh… je pensais juste…

– Oh non, Sarah, viens avec nous ! Ce sera bien plus amusant, a coupé Frankie.

J'ai vu Amanda sourire à Frankie dans le rétroviseur, comme pour lui dire : « Bravo, ma chérie ! » J'avais donc raison pour la conspiration. Il fallait être réaliste. Frankie ne pouvait pas avoir envie que je vienne avec elle après tout ce qui s'était passé ! Pas besoin d'être Einstein pour comprendre qu'elle disait ça juste pour plaire à sa mère. Ça m'a mise en colère, et ça m'a blessée de me retrouver dans cette situation. Tout ça, c'était de *sa* faute, pour avoir tout manigancé dès le départ.

Je n'ai rien répondu ; je me suis juste ratatinée un peu plus sur le siège pour ne plus voir *ses* yeux dans le rétroviseur. Je ne pouvais même pas regarder par la vitre, coincée comme je l'étais entre les deux autres.

Dès l'instant où la voiture est repartie, Frankie et Charlie se sont mises au travail. On leur avait de toute évidence donné pour instruction de me vanter les joies de la famille recomposée.

– C'est génial d'avoir une sœur en plus, a commencé Frankie.

Elle a obtenu un grognement pour toute réponse.

– On a vraiment de la chance, hein ? a continué Charlie. Je veux dire, quand on pense à tous les pauvres enfants qui n'ont qu'une seule maison. Nous, on en a deux.

Je ne disais toujours rien. Je sentais la crispation revenir. Leurs propos faisaient si peu naturels. On ne leur avait jamais parlé d'un truc qui s'appelle la *subtilité* ? J'imaginais sans peine la conversation qu'elles avaient dû avoir avec leur mère pour régler le « problème Sarah » – la tache dans le décor.

*Sarah a visiblement un peu de mal à s'adapter, alors je compte sur vous pour qu'elle s'amuse un maximum.*

– Tu vois le bâtiment rouge sombre, là-bas, avec plein de vitres ? a demandé Charlie.

J'ai suivi la direction de son doigt.

– Hon-hon.

– C'est le centre de loisirs. Maman travaille là. Ça n'a ouvert que l'année dernière. C'est vraiment super à l'intérieur. Il faut que tu voies ça !

– On sera ravies de t'y emmener un jour, a dit Frankie.

*Pardon si je ne m'évanouis pas de reconnaissance !*

Et puis Frankie m'a prise par le bras pour m'emmener dans un grand magasin de cadeaux, plein de bougies, de mobiles, de tapis, de tabourets en plastique gonflable et de tout un tas de trucs ravissants. Une vraie caverne d'Ali Baba.

– Tu ne trouves pas que c'est génial comme endroit ? s'est-elle exclamée.

– On vient ici souvent, a ajouté Charlie.

– Il y en a un pareil là où j'habite, ai-je dit le plus naturellement du monde. (C'était faux, mais je ne pouvais m'empêcher de défendre ma ville.)

– Je croyais que Robert avait dit que c'était vraiment un trou perdu, là où vous habitez, a commenté Charlie.

Je ne savais pas quoi dire, alors j'ai fait semblant de me passionner pour des lampes. J'ai montré la plus chère.

– Ma copine Marie en a une, ai-je menti.

– Maman m'a donné de l'argent pour qu'on puisse aller prendre un Coca et un gâteau dans une pâtisserie, a annoncé Frankie, pour changer de sujet. On va t'emmener chez *Beanie's*. Il y aura peut-être des gens de notre collège. Ça serait super de pouvoir te présenter à nos copains, a-t-elle ajouté avec un grand sourire.

– C'est vrai, a renchéri Charlie. On a déjà dit à tout le monde au collège qu'on avait deux nouvelles sœurs et un nouveau frère.

Ça commençait à m'énerver d'entendre parler de *frères* et de *sœurs* pour des gens qui n'avaient en fait aucun lien de parenté. J'étais à peu près autant la sœur de Charlie et Frankie que celle de la reine d'Angleterre. Et puis je trouvais prématuré de parler comme ça alors qu'il restait encore une chance pour que mes parents se remettent ensemble.

Elles ont commencé à regarder ce qu'elles appelaient des « plaids », et, Dieu merci, ça les a détournées de toute cette affaire de frères et sœurs. Je ne savais même pas ce qu'était un plaid jusqu'à ce que je voie la photo sur l'un des paquets. En fait, c'est une sorte de couverture qu'on jette négligemment sur un lit ou sur un canapé. Je ne voyais pas trop l'intérêt, mais ça me donnait l'occasion d'étudier tranquillement Frankie et Charlie.

C'est uniquement à cause de leurs cheveux qu'elles ont l'air de jumelles. Elles ont en effet la même longueur, la même épaisseur et la même couleur de cheveux exactement. Le blond doré dont tout le monde rêve. Les rayons du soleil qui passaient à travers la vitrine les faisaient briller comme du verre taillé. J'aurais donné n'importe quoi pour avoir des cheveux pareils. Ni frisés, ni trop épais. De dos, à côté l'une de l'autre, on aurait dit deux rideaux scintillants mal fermés en haut.

– Votre père est blond, lui aussi ?

Je me suis rappelé la photo à côté de celle que j'avais fracassée sur la commode, et je me suis soudain sentie mal en pensant à ce que j'avais fait dans un accès de colère. C'était un vrai miracle que personne n'ait remarqué le verre brisé. Je le rembourserais, bien sûr, mais je préférais finir le week-end sans avoir à m'excuser pour ça. Charlie et Frankie se sont retournées et m'ont adressé un sourire identique avant de se mettre à parler en même temps.

– Il est un peu plus foncé que Maman.

– Mais apparemment, il était blond quand il était petit.

La question suivante de Charlie m'a étonnée :

– Et ta mère, elle est comment ? Je parie qu'elle est jolie.

L'image de ma mère se tenant à la porte d'entrée quand Papa est venu nous chercher m'est venue. Elle n'était franchement pas jolie à ce moment-là. Elle paraissait toute tendue et pincée. J'ai essayé de chasser cette image de ma tête et d'en faire venir une autre. Il n'y a pas très longtemps, on a eu une réunion d'information sur la drogue au collège. À la fin, je me suis retournée et j'ai vu Maman qui parlait avec un type en veste de cuir. Un père, sûrement. Là, je l'avais trouvée vraiment jolie.

– Oui, elle est très jolie.

– Est-ce qu'elle a... tu sais... un ami ou quelqu'un ?

C'était une fois encore Charlie qui avait parlé, et un aveugle aurait remarqué le coup de coude appuyé que Frankie lui a balancé dans les côtes.

– Non, elle a personne.

J'ai dû parler un peu trop fort, à en juger par les coups d'œil des autres clients. Mais je n'ai pas supporté la désinvolture avec laquelle Charlie m'avait demandé si Maman avait un ami. J'aurais voulu que ces minettes se rentrent dans le crâne que ma mère n'avait pas de petit ami et n'en aurait jamais, parce que mon père et elle allaient se remettre ensemble. Et en plus, que s'il n'y avait pas eu *leur* briseuse de foyer de mère, *mes* parents ne se seraient même jamais séparés. Je sentais la colère monter. Charlie n'allait pas être déçue, et je me fichais de savoir combien de personnes pouvaient entendre. Je ne remettrais plus jamais les pieds dans cette ville, alors ça n'avait aucune importance, si ?

— Si tu veux vraiment le savoir, Charlie, ma mère n'a pas de petit ami parce qu'elle aime encore mon père et qu'elle va le récupérer. Alors ta mère ferait mieux d'ouvrir l'œil.

Charlie semblait sur le point de fondre en larmes, et puis elle s'est reprise et a décidé de se défendre.

— Eh bien c'est là que tu te trompes, parce que j'ai entendu ton père qui parlait à ma mère et lui disait que tout allait être beaucoup plus simple maintenant que ta mère s'était enfin trouvé quelqu'un. Alors ?

# 7

# Le commencement de la fin

Charlie aurait aussi bien pu me donner un coup de pied dans le ventre. Elle avait l'air si sûre d'elle. Mais Maman me l'aurait dit. J'en suis certaine. J'ai regardé Frankie. Elle avait les yeux baissés. Pourquoi ne disait-elle pas à Charlie d'arrêter de mentir ?

— Ce n'est pas vrai. N'est-ce pas Frankie ?

J'ai retenu ma respiration.

— On n'en sait rien, en fait, a marmonné Frankie, les yeux toujours fixés par terre. Venez, on s'en va, a-t-elle ajouté en se dirigeant vers la porte du magasin.

Charlie l'a imitée et je les ai suivies, le cœur battant comme un tambour.

— Vous ne croyez pas que je le saurais, si ma mère sortait avec quelqu'un ? leur ai-je pratiquement craché à la figure une fois qu'on a été dehors. Vous avez dû mal entendre ce qu'a dit mon père...

Frankie a rougi et s'est mordu la lèvre.

– Si on allait à la pâtisserie ? a-t-elle suggéré soudain. Là-bas, on pourra parler, Sarah.

Là-dessus, elle a filé dans la rue encombrée de passants pressés. Charlie l'a suivie, me jetant par-dessus son épaule :

– On n'a pas mal entendu.

J'avais envie de crier qu'elle mentait, mais un vieux a surgi, tout tremblotant, devant moi, et j'ai été séparée des deux autres. Mais j'ai pu les rattraper assez vite et j'ai lancé à Charlie :

– Tu racontes n'importe quoi !

– C'est pas vrai, hein Frankie ?

– En fait, on a *pu* avoir mal entendu, tu ne crois pas ? a sifflé Frankie à l'adresse de sa sœur tout en la fusillant du regard.

J'avais maintenant l'impression que le cœur me battait carrément dans les oreilles. Il devait y avoir une erreur quelque part. J'ai commencé :

– Je sais ce qui s'est sûrement passé...

Mais j'ai dû m'interrompre parce qu'on se trouvait en plein milieu du trottoir et qu'on empêchait les gens de passer.

– Par ici, a dit Frankie.

Nous l'avons suivie dans une ruelle adjacente, à l'écart du bruit et de la foule du samedi. On aurait dit qu'on venait d'éteindre une radio lancée à plein volume. Ma voix m'a semblé trop forte.

– Je sais ce qui s'est sûrement passé, ai-je répété. Maman a dû faire semblant d'avoir un ami devant Papa pour qu'il ne soit pas trop inquiet de nous emmener pendant tout un week-end. Elle est comme ça, ma mère. Elle est très attentive aux autres. Surtout quand il s'agit de ceux qu'elle aime.

Charlie a repris son petit ton supérieur intolérable pour dire :

– Tu peux enrager tant que tu veux, Sarah. Tu ne changeras pas ce qui est. Et plus vite tu t'habitueras à l'idée que ta mère et ton père ne s'aiment plus, mieux ça vaudra.

J'étais sans voix. Comment osait-elle ? Et ce qui me rendait le plus dingue, c'est qu'elle faisait comme si elle était une adulte et moi, une enfant.

J'allais lui dire qu'elle pouvait aller se faire voir quand Frankie a pris elle aussi un petit ton supérieur.

– Moi aussi, j'ai trouvé ça dur à avaler au début... a-t-elle dit en penchant stupidement la tête de côté. Mais on s'y habitue et après, on trouve même que c'est bien. Je t'assure.

J'avais envie de la frapper. Mais je me suis contentée de lui dire ce que je pensais de sa sagesse à la noix.

– Je ne suis pas comme vous, Dieu merci. Et vous ne savez rien de ma mère *ni* de mon père. Mon père vit peut-être avec votre mère, mais c'est *mon* père, et pas le vôtre, alors vous feriez mieux de vous rentrer ça dans le crâne.

Frankie jetait autour d'elle des coups d'œil paniqués. Peut-être qu'elle essayait de repérer dans la foule une fée avec une baguette magique qui pourrait tout remettre en ordre instantanément.

– Quelle heure est-il ? a soudain demandé Charlie.

– Dix heures dix. Encore près de deux heures à attendre, a répondu sa sœur.

Je me suis tournée vers elle.

– Je croyais que tu adorais te balader en ville. Je croyais que tu mourais d'envie de tout me montrer. Mais tu ne t'intéresses pas à moi le moins du monde, hein ? Tu me supportes parce que ta mère te l'a demandé. Et je suppose que c'est elle aussi qui vous a demandé de me répéter à quel point c'est formidable d'avoir deux maisons et ce genre de trucs. Eh bien, vous pourrez lui dire de ma part que son petit plan a échoué lamentablement. C'est une briseuse de foyer. Elle a fichu ma famille en l'air, et rien de ce que vous pourrez dire n'y changera quoi que ce soit.

J'ai senti les larmes s'accumuler sous mes paupières, attendant que je sois tranquille pour pouvoir s'échapper.

– Je m'en vais. Merci pour ces heures merveilleuses.

– Où tu vas ? a appelé Frankie.

Elle avait l'air inquiète. Tant mieux. Je ne me suis même pas retournée et me suis précipitée vers la grande rue, m'enfonçant dans la cohue jusqu'à ce que je sois certaine qu'elles m'avaient perdue de vue. Puis je me suis engouffrée dans une librairie et j'ai feint de regarder les livres. L'effort que je faisais pour pleurer en silence me donnait mal à la gorge et il fallait que je prenne garde de ne pas mouiller les pages avec mes larmes.

Je n'arrêtais pas de jeter de brefs coups d'œil par la vitrine pour vérifier que les blondasses ne m'espionnaient pas. À un moment, quand j'ai levé la tête, j'ai vu qu'un car vert venait de s'immobiliser juste devant la librairie. Un plan s'est formé dans ma tête. Oui ! Pourquoi pas ? J'ai posé le livre que je tenais et j'ai couru dehors.

– Excusez-moi, ai-je demandé au chauffeur, mais pouvez-vous me dire quel car je dois prendre pour aller à Brinklow ?

– Le 42, a-t-il répondu. Et c'est justement celui-ci. Ce doit être ton jour de chance !

Je trouvais que la chance ne m'avait pas beaucoup souri jusque-là. Mais peut-être que c'était en train de tourner. J'ai payé mon ticket et suis allée me recroqueviller dans un coin, tout au fond, loin des regards inquisiteurs.

# 8

## Garder un secret

C'était la récréation du matin, et Laurène, Marie, Katie, Kelly et moi, on était au CDI. On était censées rester dehors parce qu'il faisait beau, mais Katie avait insisté pour qu'on aille à la bibliothèque.

– Vous voyez, a-t-elle fait quand on s'est assises à une table située dans un renfoncement, bien à l'écart de la porte, on est beaucoup mieux ici que debout dehors, avec tout le monde qui écoute.

Elle souriait à la ronde comme si elle avait réussi à réserver la meilleure table dans un restaurant chic.

– Alors, Sarah, raconte, a chuchoté Marie en se penchant en avant. On meurt d'envie de tout savoir.

– Oui, dépêche-toi avant la sonnerie, a sifflé Kelly en jetant subrepticement des regards par-dessus son épaule, comme un espion vérifiant que l'ennemi n'est pas là.

– Eh bien, au bout du compte, je *la* déteste encore plus qu'avant, ai-je commencé sur un ton théâtral.

Katie a ouvert de grands yeux.

– Tu veux dire… ? a-t-elle demandé en tirant le bout de papier froissé sur lequel était écrit le nom d'*Amanda*.

J'ai hoché la tête et fait la grimace.

– Je ne suis même pas restée jusqu'à la fin du week-end. J'en ai eu assez et j'ai pris un car le samedi matin pour rentrer à la maison.

Il y a eu comme des hoquets quand j'ai dit ça, et puis elles se sont mises à poser questions après questions… Est-ce qu'on a essayé de t'empêcher de partir ? Est-ce que tu en as parlé avant ou est-ce que tu es juste partie ? Et puis… à quoi res-semblent Charlie, Frankie et leur mère ? Comment ont réagi Marc et Clémentine ? Com-ment est la maison ? Qu'est-ce que vous avez fait ? Tout, quoi !

Ça m'a bien plu de répondre à toutes leurs questions, de les voir si attentives, suspendues à mes lèvres. Je ne crois pas avoir jamais été autant le centre d'attention. Ça m'a fait du bien de les voir se rembrunir et hocher la tête en disant des trucs comme : « Je te comprends, Sarah » et « Tu as bien fait ! Ça lui apprendra ! ».

À la fin, on se marrait toutes alors que je sortais carrément d'un week-end d'enfer. Mais alors, Kelly m'a posé la question que je redoutais.

– Et ta mère, qu'est-ce qu'elle a dit quand tu es rentrée ?

J'ai essayé de paraître aussi naturelle que possible pour sortir mon premier mensonge.

– Elle a laissé un message sur le répondeur de la briseuse de foyer pour dire à Papa que j'étais bien rentrée. Et puis on a fini le week-end tranquillement toutes les deux.

– Et alors, qu'est-ce qui va se passer dans quinze jours, quand il faudra que tu y retournes ? a demandé Katie.

– Je n'y retournerai pas, même si on me payait, ai-je sifflé à travers mes dents serrées.

– Même pas pour cinq cents balles ? a insisté Marie.

– Pour cinq cents balles, peut-être, j'ai dit, mais pas un sou de moins !

Tout le monde a éclaté de rire. Après ça, on a parlé de mon anniversaire, qui aurait lieu quelques jours plus tard. Je n'y pensais pas autant que d'habitude, même si c'était assez excitant de se dire que ça y était, j'allais être une adolescente.

Après les cours, Laurène et moi avons pris le car. On est descendues à mon arrêt parce qu'on avait décidé de faire nos devoirs ensemble. Enfin, c'était l'idée de Laurène. Le problème, c'est que, connaissant Laurène, il ne devait pas y avoir que les devoirs au programme.

– Qu'est-ce qui s'est passé vraiment quand tu es rentrée chez toi, samedi matin, Sarah ? a-t-elle demandé tranquillement quand on a été dans ma chambre avec une tasse de thé et une assiette de biscuits.

J'ai poussé un gros soupir. J'avais pensé ne raconter à personne l'horrible vérité, mais les grands yeux bleus de Laurène qui me dévisageaient avec tant de sympathie m'ont fait tout débiter.

– Oh, Laurène, ça a été affreux ! Je suis entrée par la porte de derrière. Maman n'était pas dans la cuisine, alors je suis allée dans le séjour. Elle était là, mais elle n'était pas seule. Elle était assise sur le canapé avec un type qui la tenait contre lui. Je suis restée plantée là, bouche bée.

– Qui c'était ? a questionné Laurène.

– Il s'appelle Steve et c'est le père d'un élève de troisième. Je les ai vus parler ensemble à la réunion d'information sur la drogue, tu sais ? Mais je ne me doutais pas qu'ils… enfin tu vois…

– Qu'ils sortaient ensemble, a achevé Laurène.

J'ai fait oui de la tête et j'ai senti les larmes jaillir de mes yeux pour au moins la dixième fois en trois jours.

– Je ne sais pas ce que j'ai, en ce moment, mais j'ai tout le temps envie de pleurer.

– Qu'est-ce qu'elle a dit, ta mère, quand elle t'a vue débarquer à l'improviste comme ça ?

– Elle a sursauté, elle est devenue toute rouge et elle s'est mise à répéter les mêmes trucs, tu sais, comme un jouet qui parle.

Ça a fait rire Laurène, qui a insisté :

– Mais qu'est-ce qu'elle a dit ?

J'ai pris une voix haut perchée pour faire une imitation caricaturale de ma mère ce matin-là.

– Ohmondieu ! Sarah ! Qu'est-ce que tu fais ici ? Que s'est-il passé ? Où sont les autres ? Je croyais que tu ne rentrais que demain. Ohmondieu ! Ohmondieu ! Je te présente Steve. C'est un ami à moi. Je voulais te parler de lui. Ohmondieu !

Là, Laurène n'en pouvait plus de rire.

– Oh, j'imagine la scène ! Je parie que tu lui as donné le choc de sa vie.

– Oui, mais ce n'était pas la moitié du choc que j'ai reçu, moi.

– Mais qu'est-ce que tu as dit, quand tu les as vus ensemble ?

– J'ai dû lâcher quelque chose du genre : « Super ! Mes parents se conduisent tous les deux comme des adolescents pathétiques, et l'un d'eux n'a même pas le cran de me le dire. Ne t'en fais pas, je ne suis que ta fille. Je suis sûre que je vais adorer la vie de rêve que Papa et toi, vous me concoctez derrière mon dos ! » et puis je suis sortie en coup de vent, je suis montée quatre à quatre dans ma chambre et je me suis jetée sur mon lit. Je savais que je me conduisais comme une enfant gâtée qui fait sa crise, Laurène, mais l'idée qu'ils aient pu me cacher des choses, des choses aussi importantes et qui me concernent directement, ça m'a fait horreur.

— Alors tu ne sais même pas comment il est, en fait, ce Steve ? a fait doucement Laurène.

— Non, et je n'ai pas envie de le savoir. Je voudrais juste que tout redevienne comme avant.

Laurène m'a entourée de son bras.

— Au moins, tu ne t'es pas fait engueuler. Ma mère m'aurait tuée si j'avais fait ce que tu as fait.

— Tu parles ! Dès que ma mère s'est remise du choc de me voir débarquer alors qu'elle était avec son Steve, elle a commencé à crier, et j'en ai pris pour mon grade. Elle m'a fait tout un cours sur les dangers de se balader seule et ce qui aurait pu m'arriver. Ensuite elle a continué sur l'inquiétude de mon père et de tout le monde. Je l'ai laissée faire son petit numéro pendant un moment, et puis je lui ai raconté ma version des faits. Je lui en ai fait toute une couche sur l'horreur que c'était de devoir passer tout un week-end avec des gens qu'on n'aime même pas.

— Et ton père ?

— Quand il a appelé, samedi, j'ai dit à ma mère que je ne voulais pas lui parler. J'avais pas envie d'avoir une nouvelle engueulade. Maman m'a dit qu'il avait été absolument furieux, mais qu'il s'était calmé et qu'il voulait juste me parler. Mais je ne l'ai pas crue.

– Alors tu ne lui as pas parlé du tout ?

– Non.

Laurène a dit qu'elle était certaine que tout s'arrangerait au bout du compte. Je lui ai répondu que ça pourrait difficilement être pire. Et c'est à ce moment-là que le téléphone a sonné. Maman est montée pour me dire que Papa avait appelé : il voulait savoir si ça me plairait d'aller nager et puis manger avec lui, jeudi, le jour de mon anniversaire.

– Il a apparemment un cadeau que tu vas adorer, a-t-elle dit en me regardant avec un sourire nerveux comme si elle avait peur que je disjoncte. Franchement, il n'est plus fâché du tout, a-t-elle ajouté en voyant que je ne disais rien.

– Est-ce qu'*elle* viendrait avec nous ? J'ai demandé.

– Ton père n'a pas parlé d'elle… alors je ne sais pas, a répondu Maman.

J'étais contente que mon père veuille m'emmener quelque part. Je supposais que j'aurais sûrement droit à un sermon, mais il ne se mettrait quand même pas en boule le jour de mon anniversaire, si ? Peut-être qu'il avait enfin compris que je n'étais pas prête à jouer la maison du bonheur chez quelqu'un d'autre. Ce pourrait être une bonne occasion de lui expliquer comment je voyais les choses. Le cadeau d'anniversaire n'était franchement pas ce qui m'importait le plus dans l'histoire. J'ai répondu :

– Je veux bien y aller, mais à condition qu'il n'y ait que Papa et moi.

– J'ai dit à ton père que tu le rappellerais, a-t-elle dit avec une nuance interrogative dans la voix. Tu pourras lui poser la question pour Amanda, a-t-elle ajouté.

– Je t'ai dit que je n'appellerais pas chez *elle*. Tu ne peux pas l'appeler, toi ?

– Bon, d'accord, a fait Maman.

Elle est sortie et a refermé la porte tout doucement derrière elle.

– Ne sois pas trop dure avec ta mère, a dit Laurène en faisant semblant de lire les paroles sur un de mes CD.

Je n'ai rien répondu. C'était très bien d'avoir Laurène comme amie, mais je n'avais aucune envie qu'elle me donne des conseils.

# 9

# Bon anniversaire !

Comme ni ma mère ni moi n'avons mentionné le nom de Steve après ce samedi d'épouvante, j'ai commencé à me dire que j'avais rêvé et que Steve n'était que le produit de mon imagination. Marc et Clémentine ne se doutaient visiblement pas du tout que Maman avait un « ami ». Lundi s'est donc mué en mardi, et mardi en mercredi, et je m'empressais de décrocher à chaque fois que le téléphone sonnait, mais ce n'était jamais Steve. S'il avait vraiment été l'ami de Maman, il aurait sûrement déjà appelé. Peut-être qu'ils ne sortaient pas ensemble. Peut-être qu'il n'était réellement qu'*un* ami. J'aurais pu interroger Maman, mais j'avais peur d'entendre le pire, et je me disais que si le nom de Steve ne franchissait pas mes lèvres, il pourrait sortir de nos vies avant d'y être vraiment entré.

Marc et moi avons eu une conversation au sujet du week-end. Il m'a demandé pourquoi je m'étais « sauvée », selon ses propres termes, et je lui ai dit que j'avais horreur qu'on me force à être avec des gens avec qui je n'avais pas envie d'être, et à faire des choses que je n'avais pas envie de faire. J'ai ajouté :

– Je ne trouve pas ça juste et on ne me donne pas le choix. Et puis je n'arrive pas à me faire à l'idée que Papa soit avec quelqu'un d'autre. Je trouve ça triste pour Maman.

– Oui, moi aussi, a fait Marc, l'air sombre. Je voudrais bien qu'elle se trouve un ami aussi, comme ça, ce serait plus équitable.

(Je n'ai pas parlé de Steve. Marc le découvrirait bien assez tôt.)

– Mais tu ne trouves pas que ce serait mieux que Papa et Maman se remettent ensemble et qu'on soit à nouveau une famille, comme avant ? ai-je demandé en souhaitant désespérément qu'il soit d'accord avec moi.

– J'en sais rien. La mère et le père de Billy Sharp sont séparés, et Billy dit que c'est beaucoup mieux maintenant parce qu'il n'y a plus de disputes sans arrêt. Billy dit qu'au début, il n'aimait *ni* l'amie de son père *ni* l'ami de sa mère, mais que maintenant, il les trouve pas mal.

Il fallait soudain que je sache ce que Marc pensait d'*elle*.

– Est-ce que tu l'aimes bien... tu sais... ?

– Amanda ?

J'ai acquiescé.

– Pas beaucoup.

Bon, c'était déjà quelque chose.

– Moi non plus, j'ai ajouté, espérant que nous pourrions échanger quelques remarques bien senties sur l'Horrible Marâtre.

Mais Marc m'a vite fait déchanter.

– Je pense qu'on finira pas l'aimer. Une fois qu'on sera sûrs que ça ne fait rien à Maman... et puis Frankie et Charlie sont plutôt sympa, non ? Je veux dire qu'elles ne sont pas chochottes ni rien.

Mon moral a sombré. Il me semblait que je perdais déjà mon seul et unique allié. À part Marc, il ne me restait plus que Clémentine, et on ne pouvait pas vraiment discuter avec elle. Elle n'arrêtait pas de faire des rimes bidons. Je ne sais pas ce qu'on leur enseigne comme poésie à l'école, mais ça devenait ridicule.

Si on lui disait : « Passe-moi le sel, s'il te plaît, Clémentine », elle répondait : « Je te passe le sel si tu te fais belle ! ».

– Qu'est-ce qu'il y a à la télé ?

– Des trucs complètement fêlés.

Un jour, sans réfléchir, je lui ai dit :

– Fais pas l'andouille.

Je l'ai regretté aussitôt, sûr qu'elle allait me traiter de pauvre nouille. Mais c'était Clémentine, et pour elle aucune rime n'était évidente. Elle a fini par répondre :

– J'ai sali ma bouille.

Alors, pendant un instant, j'ai regretté de ne plus avoir six ans et rien de plus compliqué à penser que de trouver une rime à « bêtise ».

Jeudi matin, j'ai été réveillée par les cris stridents de ma petite sœur complètement hystérique qui chantait :

– Joyeux anniversaire, joyeux anniversaire, joyeux anniversaire Sarah, Sale-rat... (gloussement, gloussement, ricanement, fou rire incontrôlé)... Joyeux anniversaire !

Quand j'ai ouvert les yeux, il y avait Clémentine, Marc et Maman debout en rang, avec chacun un cadeau dans les mains. J'ai éprouvé un petit pincement au cœur : c'était la première fois que Papa n'était pas dans la file. J'aurais pu à nouveau m'énerver contre la briseuse de foyer si Clémentine ne m'avait pas ramenée au moment présent.

– C'est moi la première parce que je suis la plus jeune, a-t-elle décrété en grimpant sur mon lit pour me donner un gros paquet entouré de ruban rouge.

Il y avait aussi une énorme masse de bolduc entassée sur le dessus. Clémentine avait dû apprendre à faire des frisettes avec ses ciseaux et se laisser emporter par son enthousiasme.

– C'est moi qu'a fait toutes les frisettes, m'a-t-elle dit avec un sourire de fierté.

– C'est moi *qui ai* fait toutes les frisettes, a corrigé Maman.

Clémentine l'a dévisagée d'un air incrédule.

– Mais non, Maman, c'est moi.

J'ai défait couche après couche de journal pour trouver le cadeau à l'intérieur. C'était un petit kangourou vert. Dans le dos de Clémentine, Maman a fait mine d'articuler :

– Elle a insisté !

Et elle a levé les yeux au ciel. Clémentine me souriait, attendant visiblement que je saute au plafond de bonheur.

– C'est très joli, Clémentine ! Merci beaucoup. C'est exactement ce que je voulais ! lui ai-je assuré gaiement en lui faisant un gros bisou.

Clémentine s'est alors tournée vers Maman pour dire avec un air accusateur :

– Ah ! Tu vois ! Maintenant, c'est au tour de Marc.

Ce n'est pas que je n'appréciais pas le cadeau si mignon de Clémentine, mais celui de Marc était juste parfait : une ravissante bougie parfumée et un petit pot multicolore qui servait de vide-poches.

– J'adore, Marc, merci beaucoup.

– À moi, maintenant, a dit Maman en me tendant une enveloppe. Tu n'as qu'à lire.

Dans l'enveloppe, il y avait une carte sur laquelle on pouvait lire : *Joyeux anniversaire, ma chérie. Pardonne-moi, tu n'auras ton cadeau que samedi. Mais voilà pour te faire patienter.* Un billet est tombé en tournoyant sur mon lit.

– Merci Maman… Mais pourquoi samedi ?

– Ah ! Ah ! Tu verras. (Elle m'a embrassée très fort.) Je n'arrive pas à croire que tu aies treize ans. J'ai l'impression que c'était hier que tu portais des couches.

J'avais donc deux cadeaux à attendre maintenant : un de mon père ce soir, et un de Maman samedi. Je me sentais plutôt détendue pour ce soir puisque Papa avait dit à Maman au téléphone qu'Amanda ne pourrait pas venir. En apprenant ça, j'ai eu envie de crier *Hip, hip, hip, hourrah !* mais je me suis dit que ça ne passerait pas bien, alors je me suis abstenue et me suis contentée de sourire.

Au collège, j'ai eu un CD de Kelly, un cadre à photo et un rouge à lèvres de Katie, un très joli papier à lettres de Marie et un livre sur les tours de cartes de Laurène. C'étaient tous des cadeaux super, mais mon préféré a été le livre de tours de cartes, parce que la magie en général m'a toujours fascinée et que, depuis quelque temps, je me passionne pour les tours de cartes.

En rentrant à la maison, j'ai trouvé trois cadeaux sur la table de la cuisine : un de ma tante Steph, un de Mme Bingham, notre voisine, et un de Papy et Mamie.

Papa devait me prendre à cinq heures et demie, mais dès cinq heures, j'étais fin prête, mes affaires de piscine dans mon sac. J'avais un trac terrible, et je savais que ça ne ferait qu'empirer jusqu'à ce que la voiture arrive, parce que j'avais décidé d'avoir une vraie conversation à cœur ouvert avec lui. Et puis je me demandais aussi ce que pouvait bien être son mystérieux cadeau.

Mon père s'était-il rappelé une conversation qu'on avait eue avant qu'il se sépare de Maman ? Je leur avait dit que presque toutes mes amies avaient leur téléphone portable et que c'était super pratique parce que comme ça, leurs parents pouvaient les joindre à tout moment. Maman avait répondu que j'étais trop jeune et que je pouvais toujours courir (!). Papa, lui, avait dit :

– Écoute, Sarah, tu n'es même pas encore une ado. Tu as tout le temps pour ce genre de choses.

Alors, maintenant que j'étais une ado, j'espérais secrètement que peut-être, juste peut-être, Papa m'en avait acheté un.

– Pourquoi Papa emmène Sarah le petit rat et pas moi ni Marc tir à l'arc ? C'est pas juste, Maman diamant.

– Ce n'est que pour cette fois-ci, Clémentine. C'est l'anniversaire de Sarah, et Papa s'est dit qu'il fallait faire quelque chose de spécial pour elle. Et puis arrête de faire des rimes après chaque mot. Ça commence à me taper sur les nerfs.

J'espérais que Clémentine n'allait pas insister pour sortir elle aussi avec Papa, parce que si elle faisait assez la comédie, Maman craquerait et finirait pas dire : « Bon, d'accord, j'appelle votre père et vous y allez tous. » Ce n'est pas que je sois égoïste ni rien, mais, pour une fois, je voulais mon père rien qu'à moi.

J'ai guetté la voiture de Papa par la fenêtre de ma chambre. À cinq heures et demie, j'ai commencé à m'inquiéter. Je suis descendue pour demander à Maman :

– Il n'avait pas dit cinq heures et demie ?

– Si, ne t'inquiète pas. Il va arriver tout de suite.

J'ai remonté quatre à quatre l'escalier et, à peine suis-je arrivée en haut que j'ai entendu la sonnette, alors je suis redescendue à vitesse grand V.

Papa était déjà dans la cuisine. Je me suis soudain sentie gênée parce qu'on ne s'était pas revus depuis le désastreux week-end. Mais Papa était tout sourires, aussi me suis-je efforcée d'oublier ce qui s'était passé pour ne plus penser qu'à la soirée qui nous attendait. Il m'a embrassée très fort.

— Comment va ma grande de treize ans ? a-t-il demandé en me soulevant pour me faire tournoyer. Des changements ? a-t-il ajouté en feignant d'examiner mon visage très attentivement. Oui, je crois que je vois un petit début de vieillissement !

— Est-ce que je peux venir aussi, Papa ? a pleurniché Clémentine.

J'ai retenu mon souffle.

— Pas aujourd'hui, ma Titine. C'est la fête d'anniversaire de Sarah. (J'ai respiré.) Tu es prête, Sarah ?

J'ai fait oui d'un signe de tête et on est partis dans un chassé-croisé de « au revoir ».

— Où est-ce qu'on va, Papa ? lui ai-je demandé pendant qu'il m'ouvrait la portière.

— Dans un superbe restaurant qui sera très certainement du goût de madame, a répondu Papa.

Il avait pris une voix très « collet monté », comme s'il était mon chauffeur personnel, et c'était le genre de blagues qu'il faisait tout le temps quand il était avec nous. Là encore, ça m'a fait mal de penser que maintenant, c'étaient Charlie et Frankie qui profitaient du délicieux sens de l'humour de mon père, et pas moi. Tout ça parce que leur mère nous avait pris notre père. Je me suis efforcée de chasser ces horribles pensées. Rien ne devait gâcher notre précieuse soirée.

J'ai remarqué que nous nous dirigions vers la ville où *elle* vivait, mais j'ai essayé de ne pas me laisser gagner par l'énervement ; après tout, cette route conduisait à des tas d'endroits différents. Papa et moi avons bavardé de choses et d'autres – du collège, principalement, mais il n'a pas dit un mot à propos du week-end passé et n'a évoqué aucun des trois noms que je ne voulais pas entendre. Il devait se dire que j'avais été assez grondée par Maman comme ça.

– Est-ce qu'on va à Brackenham, Papa ? ai-je questionné quelques minutes plus tard.

– Un peu, mon neveu ! Et accroche-toi parce qu'on va leur en mettre plein la vue, à ces péquenots ! a-t-il ajouté d'une voix rocailleuse en voûtant les épaules comme un gangster de série B.

J'ai éclaté de rire, mais une petite sonnette d'alarme retentissait en même temps dans mon crâne, m'empêchant de me détendre tout à fait.

Nous approchions d'un grand bâtiment de brique rouge, avec plein de vitres scintillantes. La sonnette d'alarme se faisait de plus en plus forte. Pourquoi cet endroit me disait-il quelque chose ? Nous nous sommes garés dans le parking, juste devant la porte d'entrée, et j'ai senti toute ma bonne humeur s'évanouir pour laisser place à la colère. Je me rappelais, maintenant, où j'avais déjà vu ce bâtiment. C'était le centre de loisirs, et, par ses grandes portes battantes, devinez qui est sorti, tout sourires ? La briseuse de foyer.

partie de moi, la plus grande, avait simplement envie de foudroyer mon père du regard en lui disant : *Décidément, tu n'as toujours rien compris, hein ?*

Alors que ces pensées me traversaient l'esprit, une petite voix essayait de se faire entendre par-dessus ma colère. *Garde ton calme,* me disait-elle. *Tu vas tout gâcher si tu te mets en rogne.* Alors je me suis forcée à sourire et j'ai affiché une sorte de regard vide qui a dû me donner l'air d'un crapaud attardé.

— Allez, viens, Sarah, a dit Papa en plongeant vers les portes battantes. Salut, Mandy, a-t-il lancé par-dessus son épaule. Huit heures et quart !

Papa a payé les entrées et commencé à monter.

— Hé, Papa, les vestiaires sont par là ! ai-je indiqué en montrant la pancarte, au bout du hall d'entrée.

— Oui, je sais, mais je voudrais d'abord te montrer quelque chose, a-t-il fait sur un ton mysté-rieux.

J'avais, en montant l'escalier, l'impression d'être Mme Grognon entraînée par M. Heureux au pays du bonheur. Nous sommes arrivés dans un couloir tapissé d'une épaisse moquette et vitré des deux côtés. L'une des parois vitrées donnait sur cinq ou six courts de squash flambant neufs. Ils étaient tous occupés : des gens en nage balançaient de minuscules balles noires contre les murs puis plongeaient et sautaient comme si leur vie en dépendait.

— Quels dingues ! s'est exclamé Papa. Il n'y a pas de risque de me voir m'éreinter comme ça !

Il a posé son bras sur mes épaules et m'a fait pivoter de l'autre côté en disant :

— Il y a une nouvelle salle de théâtre en bas. Dommage que nous ne puissions pas la voir. Amanda dit que c'est vraiment spectaculaire, et on dirait qu'ils attirent des gens assez connus, pour un centre de loisirs.

Je me demandais à quoi ça rimait, tout ça, quand Papa a gravi d'un pas bondissant un nouvel escalier. J'ai eu du mal à le suivre. En haut, il y avait encore un couloir vitré.

— Voilà, a-t-il dit.

J'ai suivi son regard et, cette fois, j'en suis vraiment restée bouche bée. Tout en bas, très loin, il y avait la piscine la plus formidable que j'aie jamais vue. En fait, il s'agissait de trois piscines en une, avec un immense toboggan en spirale qui semblait partir du plafond pour plonger comme un serpent géant dans l'eau bleu-vert tout en bas.

Des tas de gens nageaient, sautaient et jouaient dans l'eau, leurs cris couvrant presque le bruit de la machine à vagues. Ensuite il y avait une zone de plongeons avec trois plongeoirs de hauteur différente. Et enfin, un immense bassin où l'eau recouvrait d'abord à peine le fond vert palme de la piscine puis devenait de plus en plus profonde, comme la mer. Il y avait un îlot de plantes exotiques au milieu, et les gens qui nageaient autour étaient portés par un courant plus rapide. L'ensemble paraissait irréel et, pendant un instant, j'ai carrément oublié où j'étais. J'ai dit :

– Ça a l'air génial. Surtout le toboggan.

– Oui, c'est ce que je préfère, et Charlie aussi, a répondu Papa avec enthousiasme. Mais je peux te dire que ça fait peur, de descendre à deux !

Ça y est ! Il venait de recommencer. C'est comme si j'avais débuté la soirée avec douze bougies allumées en moi et que, après, six d'entre elles s'étaient éteintes quand je l'avais vue, *elle*. Et voilà qu'il venait d'en éteindre une autre en me parlant de ce qu'il faisait avec *ses* filles. Il n'avait jamais fait de toboggan dans une piscine avec moi, qui étais pourtant sa vraie fille.

– Allez, on va piquer une tête, a vivement proposé mon père.

Mais je n'étais plus vraiment d'humeur. J'en avais trop marre de tout pour sauter, plonger, glisser ou nager.

– J'en ai pas vraiment envie, ai-je répondu d'une voix sans timbre.

Papa s'est un peu décomposé, mais il était visiblement déterminé à ce que rien ne puisse entamer notre joyeuse soirée.

– Bon, est-ce qu'il y a autre chose qui te tenterait ? Qu'est-ce que tu dirais d'un jacuzzi ?

J'aurais voulu savoir s'il avait déjà été dans un jacuzzi avec Charlie, mais je savais que j'étais puérile et pitoyable.

– J'ai plutôt faim, ai-je fait d'une voix hésitante.

– D'accord, on n'a qu'à aller directement au restaurant.

Une fois dans la voiture, je me suis sentie un peu mieux. Il y avait des chances pour qu'*elle* ne puisse pas venir aussi tôt. Je ne savais pas si Frankie et Charlie étaient assez grandes pour rester toutes seules ou s'il leur fallait une baby-sitter. J'ai posé la question.

– Oh, d'ailleurs, tu fais bien de m'en parler, Sarah ! Il faut que j'appelle Amanda.

Il a composé le numéro puis s'est tourné vers moi et, en attendant que ça réponde, m'a dit :

– Non, Frankie et Charlie sont chez leur père, ce soir.

Une autre bougie s'est éteinte en moi.

– Mandy ? Salut, c'est moi, a-t-il dit avec un sourire stupide, comme si elle pouvait le voir. En fin de compte, on a décidé de ne pas aller nager et on file au restaurant. On te retrouve là-bas ?... OK... à tout de suite.

Quand on est entrés dans le restaurant, je me suis dit que Papa avait dû le choisir exprès pour moi parce qu'il ressemblait à un autre restaurant que j'adore, chez *Racklins*. Ça m'a aussitôt redonné le moral.

– Oh, ça ressemble à celui où on allait, à Brink-low, non ? j'ai dit en regardant joyeusement autour de moi. C'est super, Papa. J'adore ces poutres et toutes les fleurs séchées.

Ça lui a visiblement fait plaisir.

– Aman… Je suis content que ça te plaise. Génial !

Il avait essayé de couvrir sa bourde, mais ça n'avait pas marché. Il avait failli avouer que c'était *elle* qui avait choisi le restaurant, et pas lui. Une autre bougie s'est éteinte. J'ai serré les dents en me concentrant sur mes bonnes résolutions et sur le téléphone portable pendant qu'on examinait la carte et qu'on discutait des entrées et des plats.

On en était encore à étudier la carte quand *elle* a débarqué, tout sourires et empestant le parfum. Elle s'était changée et portait un pantalon de velours noir et un haut blanc moulant. J'ai vu Papa la regarder comme si elle était Miss Monde. Elle gloussait en arrivant à notre table.

– Regardez, nous sommes tous habillés en noir et blanc, a-t-elle commenté en s'asseyant. (Malheureusement, c'était vrai.) Vous croyez que les gens vont penser qu'on l'a fait exprès ?

Papa a gloussé à son tour. J'ai levé la carte pour qu'on ne voie plus ma figure. Mais Papa était décidé à essayer de me faire rire.

– Ça me rappelle : raconte à Sarah la blague que tu m'as dite hier, Mandy.

– D'accord. Qu'est-ce qui fait noir, blanc, noir, blanc, noir, blanc… ?

Nous n'avons jamais entendu la chute parce que la serveuse est arrivée et nous a demandé si nous étions prêts à commander.

Une fois la commande terminée (j'avais pris du saumon fumé et du poulet au citron), Papa a sorti une enveloppe de sa veste et me l'a donnée avec un grand sourire.

– Tous mes vœux, Sarah !

– Encore une fois, bon anniversaire ! a-t-*elle* ajouté.

Il y avait une carte avec un hérisson dessus. Je l'ai ouverte et j'ai vu qu'ils avaient signé tous les quatre. Une autre petite bougie s'est éteinte.

– Nous savons tous les deux que tu vas adorer ton cadeau, mais il faudra malheureusement que tu attendes samedi en huit, la prochaine fois que tu reviendras nous voir.

J'ai essayé de ne pas penser à ce « samedi en huit » pour me concentrer sur le cadeau.

– Tu peux quand même me dire ce que c'est, non ? ai-je insisté en joignant les mains et en prenant mon air le plus suppliant.

– Je crains bien que non, a-t-il répondu en riant.

– Mais nous pourrions peut-être la laisser deviner, non ? a-t-*elle* proposé, et, pendant une seconde, j'ai oublié que je ne l'aimais pas.

– Oui, vingt questions. Tu dois répondre uniquement par oui ou par non, ai-je lancé avec excitation.

– OK, c'est parti ! a fait Papa.

– Est-ce que c'est quelque chose auquel je pense depuis environ un an ?

– Oui, ont-ils répondu d'une seule voix.

– Est-ce que c'est très petit ?

– Non, a dit Papa.

– Enfin… d'une certaine façon, c'*est* très petit, Robert.

– Mmmm. Ça dépend de quel point de vue on se place.

Je me creusais la cervelle pour essayer de déterminer comment un portable pouvait être à la fois très petit et pas très petit. Une bougie vacillait, prête à s'éteindre. Un portable, c'est petit, point final. Mon visage a dû trahir ma déception.

– Oh-oh, je crains que ce ne soit pas ce à quoi tu penses ! a dit Papa, visiblement compatissant.

Mais je sais que, quand tu l'auras, ça te plaira encore plus qu'un portable.

Voilà, c'était dit. Mon rêve ne deviendrait pas réalité. La petite flamme vacillante s'est éteinte à son tour.

– Oh, Sarah, quel dommage ! Ton père et moi, nous avons bien discuté d'un portable, mais nous avons pensé qu'il valait mieux attendre que tu aies quatorze ans, parce que c'est à cet âge-là que Frankie aura le droit d'en avoir un. Alors on s'est dit que ce serait plus juste de vous traiter toutes les trois pareil, tu comprends…

Alors là, j'ai carrément vu rouge. Rouge sang. J'ai éclaté :

– Qu'est-ce que Frankie vient faire là-dedans ? C'est pas ma sœur, et *vous* n'êtes pas ma mère ! Je voudrais que vous arrêtiez de vous mêler de ce qui ne vous regarde pas, ai-je poursuivi de plus en plus fort.

Ma colère enflait toujours et je ne pouvais rien faire pour me calmer. Je me suis tournée vers Papa ; je criais presque :

– C'est *elle* qui a choisi le restaurant, hein ? Tu ne pouvais même pas faire ça pour moi, si ? Mais je parie que tu l'aurais fait pour Frankie et

Charlie. Rien n'est trop beau pour elles ; c'est toboggan dans la piscine et l'éclate tous les jours, hein ?

Je savais que j'étais complètement hystérique, mais plus rien ne pouvait m'arrêter. Papa me faisait « Chut ! » et levait sa main ouverte en signe d'apaisement, du genre *Calme-toi, Sarah. Elle* gardait les yeux baissés, lèvres serrées.

– Eh bien tu peux te le garder, ton cadeau d'anniversaire ! ai-je continué, toujours plus fort. Et tu peux garder ça aussi (je lui ai jeté la carte à la figure). Merci pour cette charmante soirée !

Du coup, *elle* a levé les yeux. Ils me regardaient, pétrifiés comme deux statues dont seuls les yeux bougeaient. Le silence s'était fait dans toute la salle de restaurant, comme si j'avais appuyé sur un bouton qui avait figé le monde. Pendant une seconde, je n'ai pas su quoi faire, et puis je suis partie, en me disant qu'il faudrait bien qu'ils me suivent. J'espérais qu'ils étaient affreusement gênés. C'était bien fait pour eux.

La dernière petite bougie s'est éteinte quand j'ai poussé la porte. Il faisait noir dehors. Il faisait noir dedans aussi.

# 11

## Pas d'échappatoire

Laurène, Marie, Katie et Kelly ont pris un air épouvanté. On était toutes assises en salle de classe, avant l'appel, vendredi matin, et je venais de leur raconter mon super dîner d'anniversaire.

– Ton père et… tu sais qui… ils t'ont couru après, ou quoi ? a questionné Marie.

– Papa m'a suivie tout de suite pour essayer de me calmer, et elle nous a rejoints quelques minutes plus tard.

– Vous avez parlé, dans la voiture ? a voulu savoir Katie.

– Pas jusqu'à ce que mon père s'arrête devant chez ma mère.

– Et qu'est-ce qu'il a dit ?

– Il a demandé si je voulais qu'il vienne parler à Maman, et je lui ai dit que je pouvais encore me débrouiller, merci. Alors il a dit qu'il appellerait plus tard et je suis partie sans leur dire au revoir ni à l'un ni à l'autre.

Il y a eu un silence, puis Kelly a repris la parole :

– Eh bien, comme ça *elle* a compris, non ?

Elle a regardé les autres qui ont toutes hoché vigoureusement la tête, sauf Laurène, qui regardait ses pieds.

– Est-ce que tu es censée aller chez ton père, ce week-end ? a demandé Marie.

– Pas question, j'ai répondu. Marc y va, mais seulement samedi parce qu'il est invité quelque part dimanche et qu'il ne peut pas y aller le week-end d'après à cause de son tournoi de foot.

– Mais lui, ça ne le gêne pas d'y aller ?

– Il a dit que ça ne lui faisait rien d'y aller ce week-end parce que ce n'est que pour un jour. De toute façon, Marc ne *la* déteste pas autant que moi. Il est trop jeune pour comprendre qu'elle cherche à prendre la place de Maman. Quand il s'en apercevra, il changera d'avis.

– Mais toi, tu vas y aller, le week-end d'après, non ? a questionné Katie.

– Pas si *elle* doit être là, non.

– Et ton cadeau alors ?

– Je ne sais même pas si je vais l'avoir. Quand Papa a téléphoné, tard hier soir, il a dit à Maman de quoi il s'agissait. Apparemment, c'est un billet pour aller quelque part, et c'est prévu pour le week-end en huit. Mais il ne pense pas que je mérite quoi que ce soit après ma conduite d'hier. Il a dit qu'il rappellerait d'ici deux jours pour entendre ce que j'ai à dire. S'il pense que je vais m'excuser, il peut faire une croix dessus.

– Mais qu'est-ce que tu vas faire, alors ? a demandé Laurène.

– J'en sais rien, ai-je répondu avec un haussement d'épaules.

– Tu ne crois pas qu'il vaudrait mieux simplement t'excuser ?

Je n'aurais su dire si Laurène me conseillait ça parce que tout était de ma faute, ou parce que ça faciliterait les choses pour tout le monde. Je n'ai pas pu en savoir davantage avant la récréation de dix heures parce que la prof est arrivée et qu'on a dû regagner nos places.

À la récré, Laurène et moi, on est allées au CDI, et elle m'a dit en chemin qu'elle *la* plaignait. (En fait, Laurène l'a même appelée par son nom.)

– Comment peux-tu dire une chose pareille ? ai-je demandé, horrifiée que ma meilleure amie puisse défendre la personne que je détestais le plus au monde.

– Mettons que s'ils t'avaient donné le portable pour ton anniversaire, tu aurais pu croire qu'ils tentaient d'acheter ton amour au lieu de le mériter vraiment. Enfin, ça aurait été trop facile de leur part de te donner juste ce que tu attendais, non ?

– Écoute, Laurène. Je déteste cette bonne femme. Comment peux-tu parler d'amour ?

– Eh bien, ton père t'aime et elle l'aime, ça fait donc pas mal d'amour dans le tableau, non ?

Il y a des fois où Laurène est complètement à côté de la plaque. Comme maintenant, par exemple.

– Depuis quand es-tu si calée en matière de séparation ?

À peine avais-je prononcé ces mots que je les ai regrettés car Laurène a aussitôt paru affreusement blessée et triste.

– Pardon, Laurène, mais tout ça me met à cran. Et je ne crois pas qu'on puisse comprendre ce que je ressens si on n'a pas connu la même chose.

Samedi matin, je me suis réveillée assez excitée parce que c'était le jour où je devais recevoir le cadeau de Maman. Je ne comprenais toujours pas pourquoi il avait fallu attendre jusque-là. Tout ça était très mystérieux.

À neuf heures, Papa est passé prendre Marc. Marc et Clémentine étaient en haut, et moi, je m'entraînais à mes tours de cartes quand il est entré dans la cuisine. Maman lui a proposé une tasse de café et il a accepté. J'étais étonnée de les voir se comporter si naturellement. Depuis leur séparation, ils avaient échangé des regards tellement froids et se parlaient sur un ton si dur. Je n'ai pas pu m'empêcher de me demander si ce soudain changement d'attitude signifiait qu'ils pensaient se remettre ensemble, aussi ai-je ouvert grand les yeux et les oreilles tout en faisant semblant de ne pas leur prêter attention.

— Délicieux, ton café, Deborah, a dit Papa en lui adressant un clin d'œil.

— Merci, Robert, a répondu Maman avec un grand sourire.

On aurait dit qu'ils partageaient une sorte de plaisanterie, mais je n'avais aucune idée de ce que ça pouvait être. Cela n'avait pas d'importance. J'avais envie de sauter sur la table et de danser la gigue car c'était toujours comme ça entre eux avant qu'*elle* ne vienne tout détruire. En fait, je me sentais tellement heureuse que j'ai eu soudain envie de m'excuser.

– Pardon pour jeudi, Papa.

Maman nous a tourné le dos pour nettoyer l'évier. Papa a baissé la tête et m'a regardée par en dessous, comme s'il portait des lunettes et regardait par-dessus les verres. Il attendait visiblement la suite, mais je ne savais pas quoi dire.

– Je... j'étais juste très malheureuse, c'est tout, ai-je bredouillé.

– Ce serait vraiment beaucoup mieux pour tout le monde si tu arrêtais de piquer des colères, Sarah. Tu m'as fait vraiment honte, tu sais.

Je me suis mordu la lèvre et j'ai baissé les yeux. J'avais compté sur un pardon instantané, et ce petit sermon me prenait au dépourvu.

– Mais est-ce qu'on ne pourrait pas faire quelque chose entre nous, pour une fois ? ai-je lâché.

– C'est ce que nous avons fait pendant les dix derniers mois, Sarah.

Il s'est interrompu, sans doute pour que je comprenne bien ce qu'il venait de dire. Puis il a repris :

— Ça t'intéressera peut-être de savoir qu'Amanda ne voulait pas venir dîner avec nous, jeudi soir. C'est moi qui ai insisté. J'avais vraiment envie qu'elle vienne aussi à la piscine avec nous, mais elle a dit que tu préférerais sans doute qu'elle n'y soit pas. Il a fallu que je la persuade de venir au dîner. Je savais que tu ne voulais pas qu'elle soit là, mais j'espérais qu'une fois au restaurant, tout se passerait bien quand même. Amanda me répétait que c'était une erreur et, vu ce qui s'est passé, elle avait raison sur toute la ligne.

Les propos de Papa m'ont fait une impression bizarre. Je n'analysais pas vraiment ce que je ressentais. Tout ce que je savais, c'est que je ne me sentais pas l'énergie de discuter ni de dire quoi que ce soit. Alors je suis restée silencieuse, et j'ai baissé les yeux.

Après un bref instant, il a commencé à regarder mon livre de tours de cartes. Il a dû se dire que la leçon avait assez duré pour cette fois. Et puis Clémentine et Marc sont arrivés et tout le monde s'est mis à parler en même temps, avec

Clémentine qui dansait et Papa qui chantait un truc débile.

– Passez tous une bonne journée, a dit Papa, quelques minutes plus tard, en sortant avec Marc. J'appellerai pendant la semaine, a-t-il ajouté en me souriant.

Je lui ai adressé un petit sourire aussi, mais je n'ai rien dit. J'éprouvais toujours ce sentiment bizarre. J'imagine qu'il s'agissait d'une pointe de culpabilité, maintenant que j'avais entendu la version de Papa.

À dix heures cinq, on a frappé à la porte. Maman est allée ouvrir, et je me suis soudain imaginé que c'était Papa qui revenait, qu'il avait seulement fait semblant de passer prendre Marc mais qu'en fait, Maman et lui voulaient me faire la surprise de tous nous emmener passer la journée quelque part. Mon merveilleux château en Espagne s'est fracassé sur le carrelage quand j'ai vu qui entrait dans la cuisine.

C'était Steve, à qui j'ai trouvé l'air particulièrement stupide avec son jean et sa veste de cuir.

– Salut, il a fait.

J'ai foudroyé ma mère du regard, rassemblé mes cartes aussi vite que j'ai pu et je me suis dirigée vers la porte. Malheureusement, c'est le moment qu'a choisi mon adorable petite sœur pour faire irruption dans la cuisine et me heurter de plein fouet. Les cartes ont volé en tous sens.

– Bravo, Clémentine ! ai-je grincé entre mes dents serrées.

Alors, aussi incroyable que ça puisse paraître, sans m'adresser un mot d'excuse, elle s'est jetée sur Steve, qui l'a soulevée dans les airs et l'a fait tournoyer au-dessus de sa tête. Comme il était grand et musclé, on avait l'impression qu'il jouait avec un petit hélicoptère. Clémentine hurlait comme un loup qui aurait le hoquet. Franchement, ce n'était pas bon pour elle de s'énerver comme ça, mais Maman les regardait tous les deux avec un sourire niais jusqu'aux oreilles.

– Ne vous en faites pas pour moi, je ramasserai, ai-je signalé à l'assemblée, de mon ton le plus désagréable.

Et vous savez quoi ? Ils se sont tous les trois mis à quatre pattes et ont ramassé les cartes comme si leur vie en dépendait. J'ai dit « Merci », mais à voix si basse que personne n'a dû m'entendre, et puis je suis montée dans ma chambre, me suis couchée sur mon lit et me suis mise à réfléchir à ce que j'allais faire.

D'abord, c'était Papa et *elle*. Maintenant c'était Maman et *lui*. J'avais l'impression d'être perchée sur un gros rocher au milieu d'une plage, et que la marée avait monté, bloquant tout un côté. Ce n'était pas grave tant que l'autre côté demeurait accessible. Mais le pire avait fini par arriver : la mer avait tellement monté qu'elle entourait à présent tout le rocher, et elle continuait de monter. J'étais coincée. Il n'y avait plus d'échappatoire.

# 12

## La famille Jackson

– Bonjour Patricia. Je pourrais parler à Laurène, s'il vous plaît ?

– Je suis désolée, Sarah, mais elle passe la journée chez ses grands-parents. Elle ne te l'a pas dit ? Tu veux que je lui dise de te rappeler dès qu'elle rentrera ?

– Euh… ça ne fait rien. Merci.

J'ai composé le numéro de Marie.

– Bonjour, je peux parler à Marie s'il vous plaît ?

– Marie est à son cours de piano, et ensuite, elle doit aller en ville. Elle rentrera cet après-midi.

– Oh, d'accord. Je rappellerai plus tard.

J'ai fait le numéro de Katie et j'ai attendu vingt-trois sonneries avant de raccrocher. J'ai fini par téléphoner chez Kelly en croisant les doigts pour qu'elle soit chez elle. Son père a alors appelé d'une voix forte :

– Kelly, téléphone !

– Salut Kelly, c'est moi... Sarah.

– Salut Sarah, a-t-elle répondu, apparemment pas si ravie que ça de m'entendre.

– Tu fais quelque chose aujourd'hui ?

– Oui, je me fais engueuler par mon père, mais c'est pas vraiment nouveau.

– Mais au moins c'est ton père et pas le nouveau mec de ta mère, ai-je commenté, les larmes prêtes à jaillir.

– Oh, t'inquiète pas, ma mère en a après moi aussi !

C'est drôle, mais pendant que Kelly me parlait, je ne pouvais pas m'empêcher de l'envier. Quel bonheur ce serait de se faire engueuler par ses deux parents à la fois !

– Le nouveau copain de Maman vient de débarquer et je n'ai pas trop envie de rester dans le coin pendant qu'il est là.

– Tu peux venir chez moi, si tu veux.

– Merci Kelly. J'espérais que tu me le proposerais, ai-je avoué, me sentant soudain mille fois mieux. Je serai là dans vingt minutes.

– OK, à plus.

En temps normal, je demande à ma mère la permission d'aller chez une copine, mais cette fois-ci, j'ai décidé de simplement lui *dire* où j'allais. Après tout, elle faisait bien des choses sans me consulter, elle. J'ai écouté par la porte de la cuisine avant d'entrer. Je les entendais qui parlaient tous les trois, mais je n'arrivais pas à comprendre ce qu'ils disaient.

Quand je suis entrée, ils étaient tous accroupis par terre, près de l'évier.

– Regarde, Sarah, a dit Clémentine. Steve a trouvé deux sauterelles. C'est déjà prenant d'en trouver une, tu sais, mais deux, c'est vraiment keceptionnel.

De toute évidence, Clémentine citait le merveilleux Steve. Elle ne savait même pas ce que *exceptionnel* voulait dire et n'arrivait pas à le prononcer correctement. Clémentine avait l'air de bien s'entendre avec Steve. Clémentine tout craché, quoi.

– Maman, je vais chez Kelly.

– Oh... bon... tu reviens quand ?

– J'en sais rien.

– Elle habite où ? Tu veux que je t'emmène ? a proposé Steve.

– Je sais marcher, ai-je répliqué.

Ma mère a paru se ressaisir.

– Excuse-moi, Sarah, mais ça ne suffit pas. Steve et moi, nous vous emmenons déjeuner, aujourd'hui. Je préférerais que tu ne fasses pas de projets sans me demander avant.

– Oui, pareil pour toi, ai-je rétorqué.

Alors je me suis rendu compte aussitôt que j'avais dû paraître affreusement mal élevée, et je me suis préparée à une engueulade.

– Ne me parle pas sur ce ton, Sarah. Tu peux allez chez Kelly, mais je veux que tu sois revenue à midi et demi. Compris ?

– Ça veut dire que je ne resterai pas là-bas plus d'une heure.

– Exactement.

Je suis partie sans dire au revoir et, au moment où je sortais, j'ai entendu Clémentine demander :

– Est-ce que Sarah déteste Steve autant qu'Amanda ?

– Non, elle n'a pas encore décidé si on lui plaisait ou pas, a répondu Steve.

Il a dit cela très naturellement, comme si ma sœur lui avait demandé sa taille.

Je n'ai pas arrêté d'y penser pendant tout le chemin.

— On rentre par-derrière, m'a dit Kelly en se précipitant à ma rencontre. Papa et Maman sont en pleine scène de ménage dans le salon, et j'essaye de les éviter.

On s'est glissées dans la maison et, pendant qu'on montait sur la pointe des pieds, j'ai entendu des éclats de voix, mais on aurait dit qu'ils étaient trois.

— Béatrice est là aussi, m'a expliqué Kelly à voix basse. (Béatrice est la grande sœur de Kelly.) Elle veut sortir en boîte et Papa ne veut pas en entendre parler. Alors Maman dit que Papa est trop sévère, mais maintenant, ils sont en pleine engueulade et dès que quelqu'un dit un truc, ça fait bondir les autres. Je te jure, Sarah, si j'entrais là-dedans pour leur dire que tu es ici, il y en a au moins un qui me crierait que je mens !

Kelly avait l'air d'en avoir plein le dos.

On n'était pas dans sa chambre depuis deux minutes que la porte s'est ouverte si violemment qu'elle a heurté le mur.

– Tu ne peux pas frapper ? a lancé Kelly à sa sœur.

– Où est mon nouveau pantalon noir ?

– Comment veux-tu que je le sache ?

– Oh, ça va, Kelly ! Tu me piques tout le temps mes affaires sans me demander la permission et j'en ai ras le bol ! Je vais mettre un cadenas sur mon placard, et tu n'auras plus qu'à mettre tes fringues à toi. Ça changera !

– C'est n'importe quoi ! Je ne t'ai jamais pris ton pantalon noir. Je t'ai emprunté le gris une ou deux fois parce que tu avais dit que tu ne l'aimais plus. Et sinon, je t'ai juste emprunté ton petit haut neuf le week-end dernier, mais c'est parce qu'il y avait une fête. Et je te l'avais demandé, c'est juste que tu n'écoutes même pas ce que je te dis.

– Écoute, Kelly. Je dois sortir et j'ai besoin de ce pantalon noir, alors, dis-moi où il est.

– Mais j'en ai pas la moindre idée. T'es bouchée ou quoi ?

La porte a claqué et on a entendu les pas furieux de Béatrice résonner dans l'escalier. Comme la chambre de Kelly se trouve juste au-dessus de la cuisine, on n'a rien perdu de la dispute qui a eu lieu ensuite entre Béatrice et sa mère. Et puis la porte de la cuisine a claqué, suivie par le fracas de la porte du salon.

Après ça, mis à part le vrombissement de la tondeuse que le père de Kelly s'était mis à passer sur la pelouse, la paix a semblé régner sur la maison. Kelly et moi avons décidé de descendre à la cuisine faire une razzia sur les gâteaux secs. On arrivait à peine devant le placard que la mère de Kelly a surgi, visiblement furieuse. Ça a été très drôle, dès qu'elle m'a aperçue, de la voir troquer son expression enragée contre un charmant sourire pour visiteurs inattendus.

– Bonjour, Sarah. Comment ça va ?

– Très bien, merci.

– Parfait. Ta Maman va bien ?

– Oui, merci.

– Elle a de la chance.

Elle a levé les yeux au ciel ; de toute évidence, cela n'avait rien d'une plaisanterie.

– Et c'est reparti, a commenté Kelly dès que sa mère est sortie dans le jardin.

Nous l'avons vue poursuivre le père de Kelly puis marcher à côté de lui tandis qu'il poussait la grosse tondeuse bringuebalante. On entendait leurs voix aiguës par-dessus le vacarme épouvantable de la machine, mais même si nous n'avions pas pu entendre, il était évident, d'après leurs gestes, qu'ils se disputaient.

– On n'a qu'à aller dans l'autre pièce, a proposé Kelly.

C'est ce que nous avons fait, mais alors nous sommes tombés sur Adam, son frère de douze ans, qui s'engueulait avec Béatrice. D'après ce que j'ai compris, Béatrice avait dit à ses parents qu'Adam lui avait pris son portable et qu'il l'avait perdu, or, Adam ne l'avait pas perdu. Il l'avait juste prêté à un copain qui devait le lui rendre à quatre heures.

– Eh bien tu ne prêtes pas *mes* affaires personnelles à *tes* copains ! a vociféré Béatrice. Je dois partir maintenant, moi ! Quatre heures, c'est trop tard. Appelle ton copain et dis-lui de venir tout de suite. Pronto ! Ah, une dernière chose… tu comprends que c'est la dernière fois que je te prête mon portable.

– Super, a répliqué Adam. Et la prochaine fois que tu rentres tard et que tu as oublié tes clés, pas la peine de lancer des cailloux contre mes carreaux, parce que je ne descendrai pas t'ouvrir.

– Ah, je vois ! s'est écriée la mère de Kelly en faisant irruption dans la pièce. Alors tu en es là ? À réveiller ton frère en pleine nuit derrière notre dos ?

– Génial ! Merci beaucoup, Adam Grande Gueule ! a répliqué Béatrice.

Je voyais une veine qui saillait sur son cou et elle avait les joues toutes rouges.

– Tu t'es maquillée ? a demandé Adam.

– Où tu veux en venir ? a crié Béatrice, que la fureur faisait postillonner.

– Ce que je veux dire, c'est que tu es vraiment moche, tu sais… encore plus moche que d'habitude, a répondu Adam.

– Fermez-la, vous deux ! a hurlé Kelly en se bouchant les oreilles. Vous n'avez peut-être pas remarqué, mais j'ai une invitée ici, vous savez !

– Ne hurle pas comme ça, Kelly, a dit sa mère. Tu cries beaucoup en ce moment.

– Je suis bien obligée de crier pour me faire entendre par-dessus ce vacarme ! a répliqué Kelly en hurlant plus fort encore.

– Ne sois pas insolente, a dit sa mère.

– Je ne suis pas insolente, je constate un fait, a répondu Kelly.

Je me suis soudain sentie fatiguée de tout ce bruit, de toutes ces disputes. Dieu merci, ce n'était pas comme ça à la maison.

Cette pensée, en me traversant l'esprit, m'a fait l'effet d'une bombe. J'étais venue chez Kelly pour m'éloigner de chez moi, et pourtant, à cet instant, ma maison m'apparaissait comme un havre de paix et de tranquillité, même si Steve y était.

# 13

## Steak, frites et profiteroles

J'ai consulté ma montre avec ostentation.

– Midi et demi ! Oh non ! Je ferais mieux de me dépêcher : je devrais déjà être à la maison. On va déjeuner dehors pour mon anniversaire.

– Oui, Kelly m'a dit que c'était ton anniversaire. Amuse-toi bien, alors. À bientôt, j'espère.

– Merci de m'avoir reçue, madame Jackson.

– Oh, mais avec plaisir ! Je n'ai même pas remarqué que tu étais là ; tu es tellement calme.

Je suis rentrée moitié marchant, moitié courant, et j'ai failli m'étaler dans la cuisine en entrant par la porte de derrière. Ma mère était en train de sortir du linge du séchoir. Elle fredonnait. Clémentine était assise, en train de dessiner. Elle avait la langue qui remontait sur sa lèvre supérieure, et elle émettait de petits grognements, comme toujours quand elle est concentrée.

– Salut, a fait Maman tranquillement.

– Salut, ai-je répondu, tout aussi tranquillement.

Le son de nos deux voix posées m'a procuré une sensation d'agréable contentement, et, sans vraiment réfléchir, je me suis excusée de mon retard. Je me suis aussitôt demandé ce qui m'arrivait : j'étais partie furieuse contre tout le monde. Surtout contre Steve. Et maintenant, ma propre réaction m'apparaissait incompréhensible. Qu'est-ce qu'il y avait de mal à faire l'hélicoptère et à trouver des sauterelles ? Je me suis sentie coupable de m'être montrée aussi hostile envers lui. Et maintenant, il était parti. Pas étonnant ! Il n'avait sûrement pas envie de déjeuner avec une fille épouvantable qui, manifestement, le détestait. Clémentine a dû lire dans mes pensées :

– Steve est parti chercher quelque chose. On le retrouvera au restaurant, d'accord ?

– Très bien, j'ai dit.

Et je me sentais effectivement très bien. Tout était parfait dans cet endroit tranquille, comparé au champ de bataille que je venais de quitter. Maman s'est approchée et m'a prise dans ses bras.

– On va chez *Racklins*. Je me suis dit que ça te ferait plaisir. N'est-ce-pas ?

J'ai hoché la tête et l'ai serrée très fort.

Lorsque nous sommes entrées dans la salle de restaurant, le souvenir de mon dernier dîner d'anniversaire m'est revenu. Je me sentais tellement mieux cette fois-ci. C'est vrai que Steve ne s'était pas encore montré et qu'il restait encore plein de temps pour que tout se passe mal, mais, d'une certaine façon, cela m'aurait étonnée : j'avais l'impression que ce qui se passait autour de moi ne comptait pas vraiment. Je me sentais en paix, maintenant, et le reste importait peu.

On s'est assises et j'ai soudain repensé à la blague qu'*elle* avait commencé à raconter : *Qu'est-ce qui fait noir, blanc, noir, blanc, noir, blanc ?* Je n'ai jamais entendu la réponse. Dommage. Si ça avait été drôle, j'aurais pu la raconter au dessert.

On était en train de lire la carte quand Steve est arrivé.

– Salut, a-t-il fait en tirant de sa poche une petite enveloppe rebondie pour la poser sur la table, près de l'assiette de ma mère.

Maman l'a glissée dans son sac sans un mot. Pas besoin d'être terriblement clairvoyant pour deviner qu'il s'agissait sans doute de mon cadeau d'anniversaire. Clémentine avait les yeux écarquillés et, visiblement, mourait d'envie de parler, mais Maman lui a adressé un regard sévère qui lui a cloué le bec, et elle s'est replongée dans l'examen de la carte. Au bout d'un moment, elle s'est mise à loucher. Je ne savais pas trop si elle faisait ça parce qu'on l'empêchait de livrer un secret, ou s'il s'agissait d'une de ses nombreuses expériences faciales, mais elle était tellement drôle que j'ai éclaté de rire.

À l'instant où je me suis mise à pouffer, Steve est parti d'un grand rire lui aussi, et Maman lui a saisi le bras en disant :

– Chut ! Tu vas nous faire mettre dehors.

Mais Steve ne pouvait plus s'arrêter. On aurait dit un petit garçon à qui l'on ordonnait de cesser de rire : plus il essayait de se contrôler, moins il y arrivait.

– Pardon, a-t-il bredouillé. Mais Clémentine est tellement subtile.

Ça m'a carrément pliée en deux.

– Sarah, a protesté Maman en fronçant les sourcils, tu ne vaux pas mieux que Steve. Essayez de vous ressaisir, tous les deux.

Maman se tenait toute raide, genre vieille institutrice coincée, et se concentrait sur la carte, la tête légèrement inclinée de côté et un sourire pincé aux lèvres. Je crois qu'elle essayait de compenser le fou rire qui nous agitait toujours, Steve et moi, et les grimaces de Clémentine, qui avait rentré les joues, tordu la bouche et qui louchait encore.

– Puis-je prendre votre commande ? a questionné la serveuse.

– Nous n'avons pas encore choisi, a répondu Maman.

La serveuse a dit qu'elle reviendrait dans un instant.

– Il vaudrait mieux qu'elle n'attende pas trop, ou Clémentine se sera transformée en poisson rouge, a commenté Steve.

Je ne sais pas ce que ça avait de si drôle, mais j'ai carrément explosé.

Le déjeuner était délicieux. Je me suis aperçu que je mourais de faim et que tout le monde était dans ce cas. Je n'arrêtais pas de me demander si cette enveloppe rebondie que Steve avait remise à Maman était bien mon cadeau, et, si oui, quand Maman allait me le donner. Pendant tout mon steak-frites, quel que soit le sujet de conversation, mes pensées revenaient à cette enveloppe. Peut-être qu'elle comptait me l'offrir à la fin du repas, pour terminer ce déjeuner en beauté. J'ai mangé mes profiteroles à cent à l'heure et ça m'a donné un peu mal au cœur.

– Je trouve que Sarah a spédié sa nourriture, a commenté Clémentine d'une voix très maternelle qui a fait rire Maman.

– Disons qu'on a le droit de manger vite quand on fête quelque chose, a décrété Steve.

*Maman va sûrement me donner mon cadeau, maintenant,* ai-je pensé. Puis, une fois le café commandé et bu, et l'addition réglée (j'ai remarqué que Maman et Steve avaient partagé), je me suis dit que j'avais dû me tromper.

Je pouvais à peine bouger tellement j'avais mangé. En arrivant dans le parking, Steve a donné un bref baiser à Maman et a ébouriffé les cheveux de Clémentine en lui disant :

– Au revoir, petit poisson rouge.

Puis il s'est tourné vers moi :

– Merci de m'avoir laissé venir, Sarah. Je me suis vraiment bien amusé.

– Oh, m-moi aussi ! ai-je bredouillé, prise au dépourvu.

– Est-ce que Steve rentre avec nous ? a demandé Clémentine.

– Désolé, mais je ne peux pas. Il faut que je retourne à la boutique.

– Quelle boutique ?

– Steve a la boutique la plus odorante de tout le pays, a précisé Maman. Il vend toutes les sortes de café qui existent.

C'était donc *ça* la plaisanterie de Papa et Maman autour de la tasse de café !

– Est-ce que tu pourras venir chez nous, demain, Steve ? a demandé Clémentine d'une voix suppliante.

– Oui, ce serait super, me suis-je surprise à dire.

– Voilà une invitation que je ne peux pas refuser, si votre mère est d'accord, bien sûr, a répondu Steve.

Maman s'est contentée de sourire.

– Très tôt les p'tits bateaux, a ajouté Clémentine.

– D'accord, je frapperai à la porte à six heures du matin. Ça vous va ?

– Essaye seulement ! a dit Maman.

C'était bizarre, mais je me sentais un peu à plat. Le déjeuner avait été super et je regrettais que Steve ne rentre pas avec nous pour faire durer ce bon moment.

Une fois à la maison, Maman m'a demandé de m'asseoir, puis a sorti de son sac l'enveloppe rebondie que Steve lui avait apportée, a retiré l'enveloppe proprement dite et m'a présenté un petit paquet jaune et violet.

– Joyeux anniversaire, ma chérie, a-t-elle dit.

Sur le dessus, il y avait un carton qui disait : *POUR SARAH, JE T'AIME, MAMAN.*

J'ai défait le papier et j'ai poussé un petit cri en découvrant mon cadeau : un téléphone portable ! J'ai soufflé :

– C'est formidable ! Oh merci, merci, Maman ! Je croyais que je n'en aurais jamais !

– Je suis contente que ça te plaise, a dit Maman avec un petit sourire.

– Mais comment ça se fait que ce soit Steve qui te l'ait apporté au restaurant, Maman ?

– Parce qu'il vient d'en acheter un pour son fils et qu'il savait exactement ce qui convenait. Il en existe tellement que j'étais un peu perdue. Alors Steve a proposé de se charger d'aller l'acheter, mais il ne pouvait pas avant ce matin.

– Pourquoi est-ce qu'il n'y a pas marqué Maman et Steve sur le carton ? a demandé Clémentine en mettant le nez si près du bout de la carte qu'elle semblait vouloir en faire surgir le nom de Steve.

– Parce que nous ne connaissons pas encore Steve assez bien pour ça, a répondu Maman.

– Ah oui, et il faut qu'on attende de voir s'il plaît à Sarah, c'est ça ?

J'ai rougi.

Clémentine s'est mise à chuchoter :

– Est-ce que tu l'aimes bien, Sarah ?

– Ne sois pas si curieuse, est intervenue Maman en tapotant le bout du nez de ma petite sœur.

Je savais qu'elle essayait seulement de m'éviter d'avoir à répondre à une question embarrassante.

– Oui, Clémentine, je l'aime bien, ai-je répondu sans hésiter.

Maman ne m'a pas regardée. Elle est allée au séchoir et a pris le panier de linge sec qu'elle avait sorti avant le déjeuner. Quand elle a levé la tête, j'ai vu qu'elle avait le visage éclairé par un beau sourire. Quand elle a quitté la cuisine, elle s'était remise à fredonner.

# 14

# Rencontre avec Jack Fauler

– Dis donc, Laurène, tu n'essayerais pas de me faire sentir coupable, par hasard ?

– Non, j'essaye juste d'être ton amie.

Il était quatre heures et demie, on était lundi et on goûtait dans notre pâtisserie-salon de thé favori. Il y avait toujours des tas d'élèves du collège et du lycée qui venaient ici.

– Quelle différence y a-t-il entre Steve et Amanda ? a repris Laurène.

– La différence, c'est que je *la* déteste parce qu'elle a arraché mon père à une famille parfaitement heureuse et qu'elle se comporte maintenant comme si elle voulait être ma mère. Elle essaye de tout contrôler. Je ne la supporte pas.

– Peut-être que ce n'était pas une famille si heureuse que ça.

– Mais si !

Laurène a ouvert la bouche pour dire quelque chose, mais l'a refermée aussitôt.

– Vas-y, qu'est-ce que tu voulais dire ?

– J'allais te demander si tu avais envie d'un autre éclair, mais je me suis rappelé que tu n'en avais pas pris.

Quand je suis rentrée, Maman m'a dit que Papa avait téléphoné, et qu'il rappellerait plus tard.

– Quoi ? Il a appelé de son travail ?

– Sûrement.

Mes pensées se sont emballées. Il voulait sans doute me parler en privé – sans qu'*elle* puisse entendre. Je me faisais certainement des idées, mais je ne pouvais m'empêcher d'espérer qu'il allait la quitter.

Dès que le téléphone a sonné, j'ai couru répondre, mais ce n'était pas Papa. C'était Steve. Je lui ai dit combien j'étais contente de mon portable et il m'a demandé le numéro en me disant qu'il m'appellerait peut-être, un de ces jours. Et puis il a parlé avec Maman pendant des lustres.

Papa a appelé environ une heure plus tard. Il a raconté un truc drôle qui s'était produit à son travail et puis m'a demandé si j'avais passé un bon week-end. Je me suis dit que ce ne serait pas très gentil de parler du déjeuner avec Steve, mais je me suis trouvée un peu bête quand il m'a demandé si le cadeau de Maman m'avait fait plaisir.

– Euh… oui… c'est super, ai-je répondu, la voix hésitante.

– Parfait. J'en étais sûr.

– Tu sais ce que c'est alors ?

– Mais oui. Ta mère nous en avait parlé avant. Amanda et moi, on a même pris ton numéro. On ne sait jamais, ça peut être utile des fois !

Il a ri et j'ai essayé de rire aussi, mais ça venait difficilement. Je repensais à ce qu'*elle* avait dit au restaurant. Est-ce qu'elle avait juste inventé cette histoire d'âge de Frankie pour que je ne me doute pas que c'était Maman qui m'offrirait le téléphone ? La voix de Papa m'a ramenée au présent :

– En fait, Sarah, je t'appelais au sujet de samedi après-midi…

Je me suis crispée, attendant ce qui allait suivre. Je me demandais vraiment s'il avait décidé de faire quand même la sortie prévue ou bien d'annuler pour me donner une leçon. C'était bizarre, mais depuis que j'avais pris conscience que tout pouvait être annulé, j'avais de plus en plus envie d'y aller.

– ... J'espère que tu es partante ?

J'ai respiré.

– Oui, j'ai hâte d'y être.

– Parfait. Je suis sûr que ça va te plaire. Je passe te prendre vendredi soir à six heures et demie.

Il fallait encore que je sache quelque chose.

– Qui est-ce qui vient, exactement, samedi après-midi ?

– Nous tous, a-t-il répondu sur un ton sans réplique.

Je n'ai rien dit, mais la déception s'est infiltrée dans ma bonne humeur comme un crachin d'hiver. Mon père a de toute évidence senti que ça ne me transportait pas de joie. Sa voix a repris des accents de gaieté forcée.

– Bon, eh bien à vendredi !

J'ai marmonné quelque chose qui pouvait passer pour : « C'est ça. Au revoir. »

Quelques jours plus tard, au collège, je me trouvais dans le couloir à attendre que Laurène sorte de son cours de français quand une voix de garçon m'a fait sursauter.

– Tu es bien Sarah Dale ?

Je me suis retournée et j'ai vu un garçon brun, très grand. Il était au moins en troisième et c'était inhabituel de se faire aborder par quelqu'un d'une autre classe, surtout un garçon.

– Oui.

– Tu connais mon père alors ?

– Euh… non.

– Je suis Jack Fauler. (Je devais toujours avoir l'air abruti.) Mon père, c'est Steve.

J'ai plissé le front, et puis, soudain, mes yeux se sont agrandis quand j'ai enfin fait le lien.

– Oh, bien sûr… bonjour.

Les coins de sa bouche se sont légèrement relevés, mais on ne pouvait pas réellement appeler ça un sourire.

– Alors, ce déjeuner chez *Racklins* ?

– C'était bien… je veux dire, super. C'était… pour mon anniversaire.

– C'est ce que j'avais cru comprendre. Joyeux anniversaire, alors.

– En fait, c'était jeudi dernier.

– Joyeux anniversaire de jeudi dernier, alors. Salut.

Et il est parti, me laissant à la fois coupable et ébranlée. J'ai eu soudain envie de m'asseoir.

Je n'ai pas arrêté de penser à Jack Fauler pendant le reste de la journée. Je me demandais ce qu'il avait dû éprouver en sachant que son père avait déjeuné avec ma mère et moi. Jack ressentait-il la même chose envers moi, Clémentine et Marc que ce que je ressentais envers Frankie et Charlie ? Non, sûrement pas, parce que Steve ne se comportait pas du tout comme Amanda. Il n'essayait pas d'être mon père. Il n'avait même pas essayé de s'imposer pour mon cadeau d'anniversaire.

J'avais réussi à me convaincre que je n'avais rien à me reprocher, alors pourquoi n'arrivais-je pas à chasser ce sentiment de culpabilité ?

Quand je suis rentrée, Maman m'a dit que Papa avait téléphoné. Amanda s'excusait, mais elle ne pourrait pas nous accompagner à la sortie de samedi parce que sa mère était malade et qu'elle devait aller la voir dès vendredi soir, après son travail. Elle ne rentrerait que le dimanche soir.

– Ah bon, ai-je fait.

Je me suis demandé pourquoi cela ne me fai-sait pas plus plaisir que ça. Après tout, c'était exactement ce que j'avais souhaité. Non ? Alors, qu'est-ce qui s'acharnait à me mettre le moral à zéro ?

# 15

## On prend les mêmes
## et on recommence

Vendredi soir, à six heures trente exactement, Papa était là. Clémentine a ouvert la porte à toute volée et l'a tiré à l'intérieur pour lui montrer son dessin de sauterelle. Maman lui a proposé une tasse de thé, et il a accepté. Il en a même pris une deuxième. Ils bavardaient comme de vieux amis. Quand Papa s'est enfin levé pour partir, je n'ai pas pu m'empêcher de remarquer les sourires amicaux que Maman et lui ont échangés.

Ça faisait bizarre d'arriver dans une maison sombre. C'était tellement silencieux. Clémentine a voulu savoir quand Charlie et Frankie reviendraient, et Papa lui a répondu qu'elles avaient été invitées à la dernière minute à dormir chez des amis.

— Je vais faire le dîner, d'accord ? a-t-il continué.

Il s'efforçait de paraître enjoué, mais n'y arrivait pas vraiment. Il m'est soudain venu à l'esprit qu'Amanda lui manquait peut-être.

– Clémentine, tu viens choisir avec moi quelles pâtes tu veux manger. Pendant ce temps, Sarah, tu montes les sacs. Tu n'as qu'à regarder dans quelle chambre tu veux dormir. Clémentine prendra l'autre.

J'ai monté l'escalier d'un pas lourd. En haut, j'ai ouvert la porte de la chambre dans laquelle nous avions dormi toutes les quatre la dernière fois. Je m'attendais à la trouver telle qu'elle était à ce moment-là, avec des sacs de couchage par terre. Ça m'a fait un choc de ne voir qu'un seul lit. La chambre paraissait plus grande et mieux rangée. Ça m'a étonnée parce que je croyais que les filles y dormaient toutes les deux. J'ai traversé le palier pour jeter un coup d'œil dans la chambre où Marc avait dormi. Là aussi, il n'y avait qu'un lit, mais ce n'était pas une chambre d'amis ; c'était visiblement la chambre de Charlie. Il y avait même marqué *CHARLIE* sur la porte.

Je me suis laissée tomber sur le lit de Frankie. Elles avaient fait semblant de partager la même chambre pour que Marc ne se sente pas gêné de mettre Charlie dehors et que nous ne le soyons pas non plus d'envahir celle de Frankie. Je me suis demandé si elles avaient vraiment été invitées chez des amis ou si elles avaient tout simplement voulu éviter de revivre ce que je leur avais fait endurer la dernière fois que j'étais venue. Je ne pouvais pas le leur reprocher. Je m'étais affreusement mal conduite.

L'image de Jack Fauler m'a traversé l'esprit. Éprouvait-il la même chose pour moi que ce que j'éprouvais pour Charlie et Frankie ? Non, sûrement pas. Je n'avais rien de détestable... J'ai regardé les visages souriants de Charlie et de Frankie sur une photo, et quelque chose m'a frappée soudain : elles n'avaient rien de détestable non plus. Hé, mais attendez une minute... c'était la photo sous verre que j'avais fracassée sur la commode ! Elle était comme neuve !

Quelque chose a attiré mon regard juste à côté. Il y avait une enveloppe avec mon nom dessus, appuyée contre la glace de la coiffeuse. Je l'ai ouverte.

*Salut Sarah,*

*Désolée de ne pas pouvoir être là demain. J'espère que tu vas passer un moment merveilleux. Peux-tu*

*nourrir Rosie pour moi (soir et matin) s'il te plaît ?*
*Tu sais où trouver tout ce qu'il faut, et ton père a ten-*
*dance à oublier ce genre de choses ! Je te verrai*
*dimanche, si tu es encore là vers cinq heures. Sinon,*
*à dans quinze jours.*

*Bises, Amanda.*

J'avais mal à la gorge et j'ai ressenti un nouvel
accès de culpabilité en mettant la lettre dans mon
sac.

Je me suis précipitée à la cuisine pour donner
à manger à Rosie, contente qu'on m'ait chargée
de la nourrir. Jusque-là, je l'avais complètement
oubliée, cette pauvre bête.


Cette soirée a été curieuse. Papa, Clémentine
et moi avons joué aux cartes, regardé la télévision,
dîné et discuté. Mais ce n'était pas vraiment bien.
Puis Clémentine a pris un bain et s'est couchée.
J'ai fait quelques tours de cartes à Papa, mais ils
n'étaient pas terribles. Je n'arrivais pas à me
concentrer parce que je n'arrêtais pas de penser
à Jack Fauler, à Frankie, à Charlie et même à
Amanda. La culpabilité que je ressentais devenait
trop lourde à porter.

Le lendemain matin, je me suis levée tôt. J'ai donné à manger à Rosie et je l'ai emmenée faire une promenade.

— À quelle heure elles rentrent, les filles ? ai-je demandé à Papa.

— Vers onze heures. Et on ira où tu sais à une heure et demie.

À mesure que la matinée avançait, je sentais mon moral remonter. C'était drôle, mais j'attendais vraiment avec impatience l'arrivée de Charlie et de Frankie. Cette maison n'était pas faite juste pour Papa, Clémentine et moi.

Quand elles sont arrivées en courant, j'ai éprouvé un instant de panique : et si tout se passait mal, encore une fois ? Elles se sont arrêtées à mi-course et m'ont examinée prudemment pendant une seconde, comme si j'étais un animal sauvage qui pouvait griffer ou mordre à tout instant. Cela n'avait rien d'étonnant. Elles devaient me détester, et pourtant elles restaient là, leur méfiance aussitôt remplacée par un sourire amical. Je me suis lancée :

— Salut ! On est bien contents de vous voir. Ça faisait bizarre ici sans vous.

Il y a eu un bref instant de silence, comme si les filles ne parvenaient pas à croire que je puisse me comporter en être humain normal. Puis elles se sont instantanément mises à discuter et nous ont emmenées en haut, Clémentine et moi, en jetant un « Salut, Robert ! » par-dessus leur épaule en montant. Quand on est arrivées sur le palier, Charlie est redescendue à toute vitesse pour embrasser Papa et remonter aussitôt, et Papa a eu l'air tellement éberlué que ça m'a fait rire.

— Je commence à m'ennuyer, en bas, a appelé Papa, environ une demi-heure plus tard, alors qu'on faisait toutes les quatre une ridicule partie de Menteur.

— J'arrive tout de suite, mon beau vieux prince, a répondu Clémentine, nous faisant toutes éclater de rire.

Avant de descendre, je voulais éclaircir quelque chose.

— Elle est bien, cette photo, ai-je dit sur un ton très naturel à Frankie en lui montrant le cadre que j'avais cassé.

— Oui, c'est la seule qu'on ait où on soit tous les quatre. Suzy, la nouvelle femme de Papa, l'a prise en venant nous chercher, un jour. Maman a cassé le verre la semaine dernière en le nettoyant – quelle maladresse ! Mais elle a racheté un sous-verre, tu vois. Allez viens, on descend voir ton père. T'as de la chance d'avoir un père aussi super. Plus que deux heures avant la surprise !

Elle a levé la main droite et j'ai levé la mienne pour qu'on se claque dedans. J'étais tellement contente que l'histoire ne se répète pas. Je m'étais débarrassée de la plus grande partie de ma jalousie et de mon inquiétude. Mais, en même temps, je me sentais affreusement mal. Amanda avait dû comprendre comment le sous-verre avait été cassé, et elle avait préféré s'accuser. Ce que j'avais été stupide de la détester sans même la connaître !

Charlie et Clémentine avaient déjà disparu en bas, et Frankie était dans l'escalier. Je lui ai lancé :

– Je vais aux toilettes.

Dès que j'ai entendu la porte de la cuisine se fermer, je me suis glissée dans la chambre de Papa et d'Amanda. Le téléphone, comme je l'avais supposé, se trouvait près du lit. Il y avait dessus la liste des numéros enregistrés. Le premier était celui de *Peter* (L'ex-mari d'Amanda), le deuxième était marqué *Maman*. Il y avait ensuite deux noms que je ne connaissais pas, et puis j'ai lu *Deborah* (c'est ma mère). D'une main tremblante, j'ai appuyé sur la deuxième touche. Quatre sonneries ont retenti. Mon cœur battait à tout rompre, et puis j'ai ressenti une immense déception en entendant le message enregistré d'un répondeur. Je me suis éclairci la gorge.

– Excusez-moi de vous déranger, mais si Amanda est avec vous, je me demandais si vous pourriez lui dire que Sarah a appelé et qu'on va bientôt partir. Et je me demandais si… enfin, j'aurais vraiment voulu qu'elle puisse venir aussi…

Et puis le répondeur a coupé le message. J'avais dû hésiter trop longtemps.

J'ai reposé le combiné en me sentant complètement idiote. Je n'avais jamais laissé de message aussi ridicule sur un répondeur. J'aurais parié qu'Amanda n'était même pas là-bas. Elle était sûrement partie chez une amie pour pouvoir confier les problèmes qu'elle avait avec l'affreuse fille de son compagnon. Si seulement j'avais pu revenir quinze jours en arrière pour tout recommencer.

Nous somme allés au centre de loisirs. Je n'en revenais pas. Qu'est-ce qu'on allait bien pouvoir

voir ? Frankie ne me lâchait pas d'une semelle, et Charlie tenait Clémentine par la main, ce qui laissait Papa tout seul. Pauvre Papa. Si je ne m'étais pas montrée aussi égoïste, il serait avec Amanda. Qu'est-ce qu'ils n'avaient pas dû endurer pour essayer de me faire plaisir ! Une conversation datant exactement d'une semaine m'a soudain traversé l'esprit.

— *Est-ce que Sarah déteste Steve autant qu'Amanda ?*

— *Non, elle n'a pas encore décidé si on lui plaisait ou pas.*

Steve avait raison. À l'époque, je ne savais pas. Mais maintenant, il me semblait que si.

Une grande affiche est apparue devant moi. On pouvait y lire *MAGIE* en grosses lettres et, en lettres encore plus grosses, *DALE CLYDE*. Je n'en croyais pas mes yeux. Dale Clyde est le plus grand illusionniste du monde. Je l'avais souvent vu à la télévision. Mais voilà qu'il se trouvait ici, au même endroit que moi ! Et, mieux encore, voilà que j'allais le voir ! Génial ! J'adorais les spectacles de prestidigitation et toutes les sortes de magiciens en général, mais Dale Clyde était certainement le meilleur de tous.

Je me suis tournée pour regarder Papa. Il me souriait. Ça ne m'a pas étonnée parce que je devais être assez drôle à voir avec ma bouche grande ouverte.

– Ça, c'est une idée géniale ! ai-je dit en passant mon bras dans le sien.

– Content que ça t'en mette plein la vue.

La fille à l'entrée du théâtre s'est étonnée :

– Vous n'êtes que cinq, monsieur ?

Papa a paru un peu gêné parce qu'il lui avait tendu six billets. Là, j'ai vraiment senti la culpabilité me ronger. La culpabilité s'est muée en tristesse quand on s'est assis à nos places : Charlie, Clémentine, Frankie, Papa, moi. Et un siège vide.

Je me suis assise avec une boule dans la gorge, laissant les conversations dériver autour de moi. Les lumières allaient s'éteindre et le spectacle allait commencer dans un instant. Pauvre Amanda. Elle s'était éloignée pour être sûre que je viendrais. C'était sûrement ça. Après tout, c'est elle qui avait eu raison pour cette funeste soirée d'anniversaire. Et maintenant, Papa se sentait désemparé sans sa compagne à côté de lui. Sans parler de Charlie et Frankie, qui n'avaient pas leur mère.

– Tu veux du pop-corn, Papa ? a demandé Clémentine en se penchant par-dessus Frankie.

Mais Papa s'était retourné sur son siège, et son visage exprimait une telle incrédulité que j'ai su, avant de suivre son regard, qui j'allais découvrir. Ça m'a soulagée d'un poids énorme. Amanda se trouvait au fond de la salle, en train de scruter les rangées de sièges. Elle s'était fait couper les cheveux très courts et paraissait plus jeune. Ça lui allait bien. J'espérais qu'elle les garderait comme ça.

Elle a vu Papa d'abord et s'est mordu la lèvre. Puis ses yeux se sont posés sur les miens et elle a souri nerveusement. J'ai bondi de mon siège et couru vers elle.

– Tu as eu mon message ? Je n'ai pas été très claire. Ce que je voulais dire…

– Oui, je l'ai eu. Tu as eu le mien ?

Je l'ai regardée d'un air stupide.

– Je t'ai envoyé un texto.

J'avais complètement oublié mon portable. Je l'ai tiré de ma poche et j'ai appuyé sur le bouton. Le message d'Amanda est apparu : *J'arrive. Bise, Amanda.*

– Dommage que je n'aie pas regardé. Je n'en pouvais plus d'attendre que tu viennes !

– Je parie que je sais pourquoi.

Je l'ai regardée, sans comprendre. Elle a repris :

– Tu voulais savoir la chute de ma blague, qu'est-ce qui fait noir, blanc, noir, blanc, noir, blanc ? C'est pas vrai ?

J'ai attendu la suite.

– Une bonne sœur qui dévale un escalier.

Ce n'était pas vraiment drôle, mais j'ai trouvé que c'était la blague la plus magiquement spirituelle que j'avais jamais entendue. On a ri en gagnant nos places. Amanda a embrassé Papa et lui a chuchoté quelque chose. Papa s'est tourné vers moi et m'a souri. Puis elle est venue s'asseoir sur le siège libre, à côté de moi. Frankie, Charlie et Clémentine avaient l'air complètement incrédules. Heureuses, mais incrédules. Les lumières ont baissé au moment où mon portable a vibré. Je suis tout juste arrivée à lire le message sur l'écran.

*J'espère que ta surprise se passe bien. À bientôt. Bises. Steve.*

– C'est de l'ami de Maman, ai-je chuchoté dans le noir à Amanda. Il dit qu'il espère que ça se passe bien. Je le rappellerai après.

– Et qu'est-ce que tu répondras ?

– Que c'est la plus belle fête de ma vie.

– De la mienne aussi, a-t-elle dit.

Et puis il a fait complètement noir, mais, à l'intérieur de moi, un million de petites bougies brûlaient.

# TABLE DES MATIÈRES

**Collectionnez les morceaux du puzzle des familles en folie...**

2. Passer ses vacances avec des filles, c'est un cauchemar ! En plus, Olivier est amoureux de sa sœur par alliance. Que peut-il arriver de pire ? Vous le découvrirez dans *Faux frère*.

Achevé d'imprimer en mars 2002
sur presse Cameron par Bussière Camedan Imprimeries
à Saint-Amand-Montrond (Cher)
Dépôt légal : 2ᵉ trimestre 2002
Nº d'impression : 021450/1